DIESES BUCH GEHÖRT:

Die drei !!!

Die drei !!!

Geburtstagsdiebe

Ann-Katrin Heger

KOSMOS

Umschlagillustration von Ina Biber, Gilching
Umschlaggestaltung von Sabine Reddig

Weitere Bände dieser Reihe siehe S. 160

FSC
www.fsc.org
MIX
Papier aus verantwortungsvollen Quellen
FSC® C083411

Gedruckt auf chlorfrei gebleichtem Papier

ISBN 978-3-440-17082-3
Redaktion: Lea Hille
Lektorat: Claudia Müller
Produktion: DOPPELPUNKT, Stuttgart
Druck und Bindung: CPI books GmbH, Leck
Printed in Germany / Imprimé en Allemagne

Die drei !!!

Geburtstagsdiebe

Hellblaues Blut	7
Vier Räder mal anders	14
Kettentränen	24
Schockzustände	35
Made in China	39
Franzi Räubertochter	52
Es wird wild!	60
Das Geheimnis im Turm	71
Maggikraut riechen heißt: Gefahr	84
Buntspecht und Vogelkacker	94
Tropfen auf den kalten Stein	103
Preußisch blaue Schokolade	112
Fred und die Ungeheuer	122
Täuschend echt!	135

Hellblaues Blut

Prinzessin Mariola nahm all ihren Mut zusammen. Sie würden den Sprung über den verfluchten Teufelsgraben schaffen. Zusammen! »Los, meine Schöne!«, feuerte sie ihre Apfelschimmelstute Marietta an. Im wilden Galopp kamen sie dem Hindernis immer näher und näher. Mariola spürte die Aufregung in ihrem ganzen Körper, doch die gleichmäßigen, kräftigen Bewegungen von Marietta beruhigten sie. Die Wiese unter ihr verschwamm vor ihren Augen, und sie sah nur noch den Abgrund, der sie zu verschlingen drohte. »Jetzt, Marietta!«, rief Mariola und gab die Hilfen zum Sprung. Marietta sprang nicht, sie flog über den Graben. Weich landete sie auf der anderen Seite. Mariola atmete auf. »Du bist die Beste«, flüsterte sie stolz in ihr Ohr. Sie zog die Zügel an und Marietta fiel in einen leichten Trab. Mariola sah sich um. Dort drüben … war das nicht …? Ja, genau! Am Gatter stand Prinz Florian und winkte ihr zu. Er sah umwerfend aus in seinem blauen Parka und den samtbraunen Reithosen.

Mariolas Herz begann wild zu schlagen, und ohne es zu wollen, grinst sie breit. Schnell lenkte sie die elegante Stute zu ihm.

»Ich habe dich über den Teufelsgraben springen sehen«, sagte Florian. »Du machst das echt gut!«
Mariola wurde rot und stammelte verlegen: »Ach, ich weiß nicht. Das ist doch nur ein kleiner Hopser.«
»Kleiner Hopser? Es ist der schwierigste Sprung überhaupt. Du und Marietta seid ein fantastisches Team.« Florian lachte. »Und das sage ich nicht nur, weil ich dich so leichter überreden kann, mit mir einen Kakao im Hofcafé zu trinken.«

Marie seufzte und ließ den Zettelstapel, den sie in der Hand hielt, für einen Moment sinken. Sie musste Kim unbedingt sagen, wie sehr ihr die Idee mit der königlichen Liebesgeschichte gefiel.
Das war doch mal etwas ganz anderes als die spannenden Krimis und Fantasygeschichten, die Kim sonst schrieb. Es war Marie schon ein paar Mal passiert, dass sie sich dabei vor Spannung die sorgfältig gefeilten Fingernägel abgebissen hatte! Gedankenverloren blickte sie in die Krone des Ahornbaums und zippelte die Auflage der Liege zurecht, auf der sie im Garten der grevenbroichschen Villa saß und die ersten sommerlichen Sonnenstrahlen genoss.
Sie überlegte kurz, ob sie Kim wegen der Geschichte texten sollte, entschied sich aber dagegen. Erst musste sie wissen, wie es mit Mariola und dem Prinzen weiterging! Als sie gerade weiterlesen wollte, um zu erfahren, was Florian Mariola im Hofcafé bei einer Tasse Kakao alles zu sagen hatte, rief jemand am Gartenzaun: »Hallo!«

Marie blickte auf. Es war Lise. Sie war vor einem guten halben Jahr zusammen mit ihrer Mutter in eine Villa ganz in der Nähe gezogen. Sie hatte ihre langen blonden Haare zu einem Pferdeschwanz gebunden und trug ein Flatter-Sommerkleid mit bunten Schmetterlingen.

Marie und Lise hatten immer mal wieder gequatscht, wenn sie sich zufällig getroffen hatten. Und sich stets vorgenommen, sich mal richtig zu verabreden, aber aus diesem Vorhaben war bisher nichts geworden. Maries Terminkalender war einfach zu voll. Ihre vielen Hobbys und die Detektivarbeit nahmen das meiste ihrer Freizeit in Anspruch. Und dann gab es ja auch noch Holger …

Umso mehr freute Marie sich nun, Lise zu sehen. »Komm doch rein, das Gartentor ist offen!«, rief sie. »Ich hole dir einen Stuhl und ein Glas!«

»Cool«, sagte Lise. »Ich wollte dich eigentlich nur etwas fragen, aber ich habe eine halbe Stunde Zeit.«

Kurze Zeit später drückte Marie Lise das Glas in die Hand und klappte einen Holzstuhl für sie auf. »Habt ihr euch gut im Ostviertel eingewöhnt?«, fragte sie. »Wie läuft es in der Schule?«

»Das Ostviertel ist total schön. Ich gehe hier total gerne laufen und meine Mutter ist superglücklich mit ihrem neuen Job. Die Schule ist auch okay. Und die Klasse? Na ja …« Lise lächelte. »Je älter man ist, desto länger dauert es einfach, bis man richtig ankommt. So mit besten Freundinnen und allem Drum und Dran. Ist aber nicht schlimm. Wir sind so oft umgezogen, ich

bin es gewöhnt, allein zu sein. Ich lese viel und schreibe Geschichten und ...«
»Wie Kim«, unterbrach Marie Lise. »Eine meiner besten Freundinnen schreibt auch Geschichten!« Sie wedelte mit dem Papierstapel in der Luft herum. »Schnuckeliger Liebesroman mit Schnuckelprinzessin und Schnuckelprinz. Und nicht zu vergessen: Ein schnuckeliges Pferd kommt natürlich auch noch vor.«
Lise lachte. »Klingt nach meiner zukünftigen Traumbiografie!«
»Wäre schön, ja!« Dann schüttelte Marie den Kopf und grinste. »Aber daraus wird nichts. Dass ich einen Schnuckelprinzen kennenlerne, ist zwar megaunwahrscheinlich, doch nicht ganz unmöglich. Eine Prinzessin? Wird auf keinen Fall aus mir.«
»Einen Prinzen kann ich zwar nicht herbeizaubern, aber mit der Prinzessin kann ich dienen!« Lise lächelte verschmitzt.
»Du weißt, wie man eine Prinzessin wird?«, fragte Marie erstaunt.
»Nein, das nicht!«, wehrte Lise ab. »Aber ich weiß, wie man eine richtige Prinzessin *ist* – zumindest eine halbe.«
»Wie meinst du das?« Nun sah Marie endgültig verwirrt aus.
»Meine Mutter stammt aus einem alten Adelsgeschlecht und darf sich Prinzessin nennen. Einen Prinzen hat sie allerdings auch nicht gefunden, deswegen bin ich nur eine Halbprinzessin«, erklärte Lise.
»In dir fließt also *hell*blaues Blut?« Marie kicherte. »Das wuss-

te ich gar nicht. Du musst mir alles erzählen, ja? Sofort. Das interessiert mich brennend!«

»Na ja. Wenn man blau und rot mischt ... wohl eher lila, oder?« Lise grinste. »Das mit der Halbprinzessin ist echt nur halbspannend. Genau genommen ist es überhaupt kein großes Ding. Ich habe ein ganz normales Leben in einem ganz normalen Haus und meine Mutter hat einen ganz normalen Beruf. Ich bekomme mein Frühstück nicht ans Bett serviert, wir haben keine Bediensteten und ich werde auf keine Tanzbälle eingeladen. Ich habe noch nicht mal ein festliches Kleid!« Lise zuckte entschuldigend mit den Schultern. »Du siehst, da ist wenig Glamour.«

Marie sah Lise enttäuscht an. »Und du kennst auch keinen Prinzen?«

»Doch. Meinen Onkel. Aber der ist definitiv zu alt für dich. Er lebt mit der Schwester meiner Mutter auf einem Schloss, und soweit ich weiß, hat er auch noch Personal! Aber das wirst du ja dann sehen! Deswegen bin ich eigentlich gekommen.«

Lise überreichte Marie einen Umschlag mit goldenem Rand. In goldenen, verschnörkelten Buchstaben stand »Einladung« darauf.

»Am Samstag werde ich 13. Und ich wollte dich gerne zu meiner Tante auf Schloss Eulenfels einladen. Es wird eine kleine Feier, ich habe nur dich und meine beste Freundin Ida eingeladen. Wir dürfen sogar über Nacht bleiben. Hast du Lust?«

Lise sah Marie erwartungsvoll an.

Marie nickte. »Klar habe ich Lust!«

Plötzlich fielen ihr die Nachrichten, die sie mit Franzi und Kim gewechselt hatte, wieder ein. Mist. Sie hatten vorhin für das Wochenende eine Detektivsitzung vereinbart. Die letzten drei hatte Marie wegen einer Tanzaufführung immer wieder kurzfristig verschieben müssen und vor allem Kim war schon ziemlich sauer gewesen. Sie konnte auf keinen Fall zum vierten Mal absagen. Aber sie wollte auch unbedingt zu dem Prinzessinnen-Geburtstag. Die Sache mit dem Schloss hörte sich toll an und sie mochte Lise wirklich. Wenn sie absagte, würde Lise alleine mit ihrer Freundin Ida feiern müssen. Nein, das ging auf keinen Fall! Gab es eine Lösung? Sie überlegte fieberhaft hin und her.
»Es ist nur …«, sagte sie schließlich. »Mir ist gerade eingefallen, dass ich mit meinen Detektivkolleginnen verabredet bin.«
»Stimmt, du hast mir ja erzählt, dass ihr sehr erfolgreich seid. Da habt ihr bestimmt immer mehrere Fälle gleichzeitig am Laufen, richtig?«, sagte Lise und versuchte, sich ihre Enttäuschung nicht anmerken zu lassen.
»Im Moment haben wir keinen Fall«, gestand Marie. »Es ist also kein echtes Detektivtreffen, sondern eher ein Freundinnentreffen.«
»Oh, ja schön.« Lise sah Marie an. »Kim schreibt Geschichten? Und wie ist Franzi so drauf?«
»Franzi ist die tierliebste, sportlichste und freundlichste Person, die ich kenne«, erklärte Marie.
Lises Augen begannen zu leuchten. »Das klingt, als ob ich die beiden sehr gerne haben werde. Warum fragst du sie nicht, ob

sie mitkommen möchten?« Lise nahm Marie die Einladung aus der Hand, riss sie fein säuberlich in drei Teile und überreichte sie ihr feierlich. »Fangen wir noch einmal an: Ich würde dich, Kim und Franzi gerne zu meinem Geburtstag einladen. Wie und wann? Das könnt ihr Detektivinnen euch mal schön selbst zusammenpuzzeln!«

Vier Räder mal anders

»Ein Traum wird wahr!« Marie klatschte in die Hände, als die weiße Kutsche um die Ecke bog. »Wir fahren mit der Kutsche zum Schloss!«
»Tja, da kann unser Detektivinnenhauptquartier nicht mithalten«, sagte Franzi. »Unsere Kutsche ist schwarz, gammelig und riecht ganz schön muffig.«
»So ein Quatsch«, beschwerte sich Kim. »Das kann man doch gar nicht vergleichen. Unser Hauptquartier ist supergemütlich und voller schöner Erinnerungen. Außerdem steht unsere Pferdekutsche auf dem Winklerhof. Einer meiner Lieblingsorte auf der ganzen Welt. Ich würde das olle Ding niemals eintauschen.«
Franzi sah Kim gerührt an. »Danke«, sagte sie leise. »Geht mir auch so.«

Als Marie Kim und Franzi von der Einladung erzählt hatte, waren sie sofort begeistert gewesen. Lises Mutter, Ursel, hatte die Eltern von Kim und Franzi angerufen und ihnen versprochen, auf die Mädchen achtzugeben.

Maries Eltern kannten Ursel bereits und waren sowieso einverstanden gewesen.
Die Mädchen hatten sich am Samstagmorgen bei Marie getroffen und zusammen im Garten der Villa gefrühstückt. Marie hatte den Tisch gedeckt und jedem Ausrufezeichen eine Blume in der richtigen Farbe auf den Teller gelegt. Kim ein rosafarbenes Gänseblümchen, Franzi lilafarbenen Lavendel und sich selbst ein vierblättriges grünes Kleeblatt.
Außerdem hatte sie eine halbe Stunde Kakao gekocht und immer wieder fein gemahlene Tonkabohne und Zimt untergemischt, bis sie zufrieden war. Der Kakao schmeckte anders als der *Kakao Spezial* im *Café Lomo*, aber definitiv nicht schlechter. Sie war gespannt, was Kim und Franzi dazu sagen würden. Und sie freute sich, mit den beiden ein wenig Freundinnenzeit zu haben, bevor Lise sie abholen würde. Sie brauchte dringend ein Update in Sachen Liebe von ihnen und wollte den beiden von ihrem Eifersuchts-Gespräch mit Jakob erzählen.
»Ich präsentiere euch: *Kakao Mezial*!« Marie goss Franzi und Kim aus einer Kanne ein. »Das *Sp* fällt weg und wird durch ein *M* wie Marie ersetzt!«, erklärte sie. »Na?«
Franzi nippte vorsichtig und ein wenig misstrauisch. Doch dann hellte sich ihr Gesicht auf. »Was hast du denn da reingemischt? Das schmeckt vanillig und duftig zugleich.«
»Tonkabohne«, sagte Marie stolz. »Und die Milch ist von glücklichen Kühen.«
»Total lecker«, fand auch Kim.
»Dann seid ihr bereit für ein Geständnis?«, fragte Marie.

»Allerdings muss das, was ich euch jetzt erzähle, unter uns bleiben?«
»Freundinnen-Ehrenwort«, sagten Kim und Franzi gleichzeitig.
»Erinnert ihr euch noch an Holgers Freund Jakob?«
»Den, den du mit Lilo verwechselt hast? Und danach hast du Holger eine Mega-Eifersuchts-Szene hingelegt? Das war echt lustig!« Franzi kicherte.
Marie wippte nervös mit dem Fuß auf und ab. »Genau darum geht es. Ich hatte hinterher ein sehr langes Gespräch mit ihm. Und er versteht, warum ich immer wieder so eifersüchtig bin. Ihm ging es nämlich schon einmal ähnlich. Und er meint, Holger müsste einfach mehr Verständnis für mich haben.«
»Das finde ich sehr nett von Jakob. Aber wo bleibt das Geständnis?«, fragte Kim.
»Seit diesem Gespräch muss ich immer wieder an Jakob denken«, meinte Marie und schluckte. »Obwohl mit Holger eigentlich alles prima ist. Bin ich eine Verräterin, weil ich mich bei Jakob verstanden und aufgehoben gefühlt habe? Versteht ihr, was ich meine?«
Franzi nickte. »Klar. Aber du solltest erst mal einen kühlen Kopf bewahren. Du findest Jakob toll. Okay. Und er versteht dich. Auch okay. Möglicherweise bist du ein bisschen durcheinander, weil er gut aussieht und nett ist. Aber ich an deiner Stelle würde mir nicht zu viele Gedanken machen. Manchmal ist so eine Blitzbegeisterung auch blitzschnell wieder weg.«
»Finde ich auch«, pflichtete Kim Franzi bei. »Du bist mit

Holger durch dick und dünn gegangen. Ist doch klar, dass eine so lange Beziehung nicht immer Ponyhof mit Lollipop-Wiese ist. Warte mal ab. Vielleicht ist es ganz gut, dass wir das Wochenende auf Schloss Eulenfels sind. Da hast du keine Zeit, darüber nachzudenken.«
Franzi umarmte Marie fest. »Komm, lass dich mal drücken!«, sagte sie. »Und dich auch, Kim!«

»Bitte alle einsteigen!«, rief Lise, und der Kutscher öffnete die Kutschentür, auf der ein Wappen mit einer fliegenden Eule und einem Felsen gemalt war. Das Wappen von Schloss Eulenfels, vermutete Marie. Die beiden weißen Pferde, die vor die Kutsche gespannt waren, schnaubten leise. Marie und Kim verstauten ihre Rucksäcke mit allem, was sie für das Wochenende brauchten, in der hinteren Kutschenklappe. Franzi machte einen Kuschel-Umweg über die Pferde.
Sie kletterten in den Wagen und setzten sich neben Ursel und Ida, Lises Freundin. Marie fand das Mädchen sofort sympathisch. Sie lachte übers ganze Gesicht und freute sich sichtlich, Kim, Franzi und Marie kennenzulernen.
»Das sind Kim und Franzi«, stellte Marie ihre beiden Freundinnen vor. »Ihr kennt euch ja noch nicht!«
»Alles Gute zum Geburtstag!«, sagte Franzi.
»Danke für die Einladung!«, sagte Kim.
Mit einem Ruck fuhr die Kutsche los.
»Ich freu mich total, dass ihr mitkommt!«, rief Lise. »Mama, Ida, wir haben hier echte Heldinnen an Bord. Die drei sind ein

berühmtes Detektivteam, das schon sehr viele Fälle gelöst hat. Sie nennen sich *Die drei !!!*.«

»Echt?«, fragte Ida. »Mensch, Lise, davon hast du mir ja gar nichts erzählt und dabei überlegte ich, selbst später Detektivin zu werden. Ich sammle alles, was ich zu diesem Thema finde. Ich muss euch nachher mal ausquetschen!« Ihre Augen leuchteten begeistert.

»Das finde ich toll!«, sagte Ursel. »Ich liebe Krimis. Aber nur auf dem Papier. Machen sich eure Eltern denn keine Sorgen, wenn ihr echte Verbrechen aufklärt und euch in gefährliche Situationen begebt?«

»Manchmal schon. Aber wir erzählen ihnen nicht alles«, gestand Marie und zwinkerte Kim und Franzi zu.

»Puh«, sagte Ursel. »Ich bin erleichtert, dass wir euch zum Geburtstag eingeladen haben und nicht zu einer Verbrecherjagd. Schließlich bin ich die nächsten zwei Tage für euch verantwortlich!«

»Also so eine klitzekleine Ermittlung, das würde ich mir schon wünschen«, sagte Lise so leise zu Ida, dass Ursel sie nicht hören konnte.

»Ich mir auch«, flüsterte Ida zurück.

Sie fuhren nun seit einer guten Stunde. Marie sah aus dem kleinen Kutschenfenster. Die Blätter der Bäume strahlten in hellem Grün und die Frühlingssonne schien warm. Ja, es war beinahe schwül. Maries T-Shirt begann bereits, an ihrem Rücken zu kleben. Sie fächelte sich mit der Hand ein wenig Luft zu. Endlich

bogen sie von der Hauptstraße auf Nebenstraßen ab und die Dörfer, durch die sie fuhren, wurden immer kleiner. Genau wie Maries Sorgen. Die Sache mit Holger und Jakob würde sich schon regeln. Jetzt würde sie nichts als Spaß mit ihren alten und neuen Freundinnen haben!
Plötzlich erinnerte sie sich, dass sie ein kleines Geburtstagslied für Lise gedichtet hatte, und begann zu singen:

»Wir sind alle zusammen und wir feiern froh.
Du bist heut geboren, das freut uns einfach so!
Wir lassen dich hochleben, Pakete sind auch da,
die schenken wir dir gerne, denn du bist wunderbar!«

Die Straße holperte und Maries Stimme holperte mit. Es klang, als hätte sie einen Frosch verschluckt.
»Na, wenn das so ist.« Kim kicherte. »Da kann meine, ähhh ... eigenwillige Stimme nichts mehr kaputt machen.« Sie stimmte mit ein und nach und nach sangen alle in der Kutsche mit.
Marie zippte den Reißverschluss ihrer mit Pailletten besetzten Bauchtasche auf, die genau zu ihren neuen Glitzerpailletten-Turnschuhen passte, und holte eine kleine rote Schachtel mit weißer Schleife heraus.
»Bitte schön«, sagte sie und überreichte Lise das Geschenk. »Ich hoffe, du magst es!«
Lise zog an dem weißen Band und hob den Deckel ab. Dann nahm sie eine silberne Kette heraus, an der ein hellblauer Anhänger in Form einer Krone baumelte.

»Das ist aber hübsch! Vielen Dank!«, rief Lise. »Wegen des hellblauen Bluts der Halbprinzessin, oder?«
»Genau!« Marie lachte. »Ich habe die Kette in einem Schaufenster liegen sehen und dachte mir, die passt perfekt zu dir!«
Instinktiv fasste Marie sich an den Hals. Ja, sie war noch da, die Kette, die ihr ihre verstorbene Mutter geschenkt hatte. Und auch der kleine Herz-Anhänger.
»Mama, machst du mir die Kette um?«, fragte Lise und drehte sich zu ihrer Mutter.
In diesem Augenblick hielt die Kutsche mit einem Ruck an.
»Mach ich gleich, mein Schatz«, antwortete Ursel. »Aber wir sind da, und ich möchte erst mal Bella begrüßen!«

»Herzlich willkommen auf Eulenfels! Wie schön, dass ihr da seid! Ich bin Bella von Eulenfels!« Eine Frau Ende vierzig mit langen braunen Haaren, in die sich weiße Strähnen mischten, lief auf die Kutsche zu und umarmte erst Ursel und dann Lise stürmisch. Anschließend begrüßte sie Ida und die drei !!!.
Ein Mann ungefähr im gleichen Alter wie Bella und Ursel kam den steinigen, gewundenen Weg vom Schloss herunter. Er trug einen schwarzen Frack und weiße Handschuhe. Marie beobachtete ihn staunend. Er schien einer völlig anderen Zeit entsprungen zu sein.
Sie zog Lise sanft zur Seite und flüsterte: »Voll schade. Deine Mutter und deine Tante tragen Jeans und keine Prinzessinnenkleider. Hier gibt es nur einen, der echt echt aussieht!«
Lise grinste: »Du meinst Fred? Ja, er ist ein Diener der ganz

alten Schule. Wenn du sein Outfit bereits merkwürdig findest, dann musst du ihn erst einmal reden hören. Er ist aber total in Ordnung. Er ist schon ewig bei meiner Tante und bei meinem Onkel angestellt.« Sie blickte sich suchend um und wandte sich an ihre Tante. »Wo steckt Onkel Manuel überhaupt?«
Tante Bella drehte sich um und schnappte sich einen der Rucksäcke. »Der kommt morgen von einer wochenlangen Geschäftsreise zurück«, sagte sie. »Ich habe ihm gesagt, dass er sich beeilen soll, sonst ist der ganze schöne Geburtstagskuchen, den Emma gebacken hat, aufgefuttert.«
»Emma? Ist das die neue Köchin? Mama hat mir erzählt, dass sie noch nicht lange bei euch ist«, sagte Lise.
Bella nickte. »Sie wird dir gefallen. Ich stelle sie euch gleich vor. Aber erst einmal zeige ich euch die Zimmer!«
Sie schulterte den Rucksack. Fred entfuhr ein spitzer Aufschrei und er hob die Hand. »Durchlauchte Prinzessin, bitte verzeihen Sie, aber hier muss ich Einhalt gebieten. Bitte überlassen Sie das Tragen der schweren Last mir! Und auch die Präsentation der Gemächer obliegt meiner Wenigkeit.«
Bereitwillig ließ sich Bella den Rucksack abnehmen und lachte. »Wenn Sie mich weiter so verwöhnen, Fred, werde ich irgendwann gar nicht mehr wissen, was ich ohne Sie tun soll.«
Fred verbeugte sich tief. »Das ist das Ziel, Durchlaucht!«, antwortete er und nahm auch noch die anderen Rucksäcke hoch. Dabei rutschte ihm der Ärmel des Hemdes für einen Augenblick nach oben und Marie sah ein kleines Tattoo am Handgelenk. Einen kurzen Augenblick war sie irritiert, denn ein Tattoo

passte zu Fred wie ein Glitzertop zu Franzi. Nämlich gar nicht. Sie wagte erneut einen Blick. Was war das überhaupt? Ah, ein Spiegelei! Dieses Motiv ergab bei einem Diener nun doch Sinn, fand Marie. Schließlich servierte er das Frühstück mit Spiegelei sicher jeden Morgen ans Bett von Bella und Manuel.

Gut gelaunt folgten die drei !!! den anderen zum Schloss. Zunächst gingen sie an den Stallungen vorbei. Die beiden Kutschenpferde waren bereits ausgespannt und wurden gerade vom Stallburschen abgerieben. Die Kutsche selbst war in einen halb offenen Unterstand neben dem Stallgebäude geschoben worden. Der Weg zum Schlossgebäude war mit kleinen losen Kieselsteinen bedeckt und ganz schön lang. Aber wunderschön. Neben dem Weg wuchs das Gras hoch. Bella und Manuel hatten auf abgezirkelte Beete verzichtet und Blumen und Schmetterlingswiesen gesät, in und über deren Blüten es summte und brummte. Marie liebte solche Wiesen. Sie atmete tief den Geruch von warmer Erde und feinem Blumenduft ein und beobachtete das wuselige Treiben. Der Weg mündete in einen großen, ebenfalls gekiesten Eingangsplatz. Bis auf ein Motorrad, das neben der Eingangstür geparkt war und mit seinem Beiwagen, dem Sozius, mindestens so alt wie das Gebäude dahinter wirkte, war er vollkommen leer.

Rechts und links vom Schloss gingen die Wiesen weiter und weiteten sich zu einem ungewöhnlichen Schlosspark. Auch hier gab es keine in Form geschnittenen Büsche. Marie konnte Apfel- und Kirschbäume sehen und einen kleinen See, der vor dem Waldrand glitzerte.

Bella deutete auf den Wald. »Ihr müsst mir versprechen, nicht alleine dort hineinzugehen. Die Wildschweine haben Frischlinge und eine der Bachen ist sehr aggressiv. Eine Begegnung mit ihr kann übel enden.«
»Klar, wir gehen nicht in den Wald, Tante Bella«, versprach Lise. »Dazu werden wir hoffentlich gar keine Zeit haben. Ich freue mich schon so auf die Feier!«
Das Schloss selbst war einmal prächtig gewesen: zartgelb und mit verschnörkelten Säulen an den Eingängen und formreichen Steinornamenten um die Fenster. Drei Türme mit Zwiebeldächern ragten in die Luft. Doch Marie sah, dass der Putz an einigen Stellen recht bröckelig war und der hintere Turm merkwürdig schief stand. Und trotzdem fühlte sich Marie wie eine Prinzessin, als sie die Stufen emporstieg und durch die hölzerne Tür trat.

Kettentränen

»Darf ich untertänigst bitten: Hier hinein, die Damen!«, sagte Fred und hielt den drei !!!, Ida und Lise die Tür zu einem großen Zimmer auf. Dort standen fünf Himmelbetten mit schweren samtenen Vorhängen. »Ihre Ruhestatt für die kommende Nacht!« Er holte die Rucksäcke und platzierte sie vor den Betten. »Ich wünsche erholsame fünf Minuten, dann erwarte ich Sie alle im Schlossgarten, um mit den Feierlichkeiten zu beginnen.« Vorsichtig schloss er die Tür.

»Ich nehme an, damit könnte ich mich durchlauchtigst anfreunden«, machte Lise den Diener nach. »Dünkt es euch auch so?«

Kim, Ida, Franzi und Marie kicherten.

»Aber selbstverständlich. Ich heiße dieses Vorhaben aufs Schärfste gut!«, antwortete Ida und warf sich auf das Himmelbett, das am nächsten stand.

Draußen war es die letzte Stunde drückend heiß gewesen und Marie waren die kühleren Temperaturen im Schloss angenehm. Sie setzte sich auf das Bett, vor dem ihr Rucksack stand, und holte ihr Handy heraus. Sie hatte versprochen, Holger und ihren Eltern Bescheid zu geben, dass sie gut auf Eulenfels angekommen war. Schnell tippte sie die beiden Nachrichten, überlegte kurz, ob sie Holger noch ein paar Herzchen schicken sollte, entschied sich aber dann dagegen. Das konnte sie später in aller Ruhe machen, jetzt hatte sie keine Lust.

Keine Lust? Als Marie klar wurde, was sie da gerade gedacht hatte, schlug ihr schlechtes Gewissen zu: Sie öffnete das Chatprogramm erneut, wählte ein Kussemoji und drückte auf *Senden*.

»Schade, dass wir nicht erst das Schloss und vor allem Bellas Kleiderschrank besichtigen«, sagte sie schnell, um nicht mehr an die Sache mit Holger und den Herzen zu denken. »Das müssen wir später unbedingt nachholen, ja?«

»Klar«, versprach Lise. »Hier gibt es echt viel zu sehen. Besonders berühmt sind die alten Bilder. Ihr habt bestimmt schon von der Schleiereule von Albrecht Dorer gehört. Die, die so täuschend echt aussieht und von der man denkt, sie fliegt direkt auf einen zu.«

Kim nickte, doch Marie hatte ehrlicherweise noch nie von dem Gemälde gehört.

»Die Menschen kommen von überallher, um es sich anzusehen«, erzählte Lise weiter. »Es ist in einer so coolen Täuschungstechnik gemalt. Ich bin eigentlich kein großer Malerei-Fan, aber das Schleiereulenbild finde ich richtig gut.«

Eulen, die aus Gemälden auf einen zuflogen? Dieser Spezialeffekt klang selbst in Maries Ohren interessant.

Es klopfte und einen Moment später trat Bella ein. »Seid ihr fertig?«, fragte sie. »Ich muss euch nämlich noch etwas zeigen! Oder besser gesagt: vor etwas warnen.«
Sie ging voran. »Ihr habt es vielleicht schon gemerkt. Eulenfels ist nicht mehr im besten Zustand. Wir müssten an allen Ecken und Enden reparieren und restaurieren, aber uns fehlt einfach das Geld. Wir lassen viel mehr Besucher ins Schloss als früher, aber diese Maßnahme bringt leider nicht genug ein.«
»Ich habe gesehen, dass der eine Turm ganz schief steht«, sagte Kim.
»Genau darüber möchte ich mit euch sprechen!« Bella nickte traurig und führte sie auf den Flur. »Ab hier müsst ihr vorsichtig sein!« Sie deutete auf ein rot-weiß geringeltes Absperrband am Ende des Flurs.
Sie gingen näher heran. Marie sah, dass sich durch die Wände und den Boden ein tiefer Spalt zog. Und nicht nur das. Der Flur hinter der Absperrung verlief gut einen Meter weiter unten.
»Was ist da passiert?«, fragte Franzi entsetzt. »Das sieht richtig heftig aus!«
Bella zuckte mit den Schultern. »Wir wissen es selbst nicht genau, aber der Experte vermutet, dass das Erdreich an der Stelle abgesackt ist und den Turm regelrecht vom Rest des Schlosses abgerissen hat. Bitte haltet euch von der Stelle fern, ja? Sie ist gefährlich!«
Die Mädchen nickten.
Lise umarmte ihre Tante. »Das tut mir total leid, Bella. Wann ist das denn passiert?«

»Vor gut einem Jahr«, antwortete Bella und drückte Lise fest. Dann richtete sie sich auf und lächelte tapfer. »Aber Schluss mit dem Gejammer. Du hast Geburtstag, mein Schatz! Jetzt wird gefeiert, dass es kracht!«

BÄÄÄÄÄNG! ZZZZZZZZCH! BOOOOOOM!
Ein riesiger Konfettiregen ging auf Lise nieder, als sie wenig später an den reich geschmückten Geburtstagstisch traten, der mitten auf der Wiese im Schlosspark gedeckt war.
Fred zündete die Riesenwunderkerzen auf der Sahnetorte an, und der Tisch wurde ein Meer aus glitzernden Funken, die durch die Luft stoben und sich über die mit Schaummäusen und Weingummifröschen gefüllten Schüsseln ergossen.
Marie konnte den Blick gar nicht abwenden. Der Tisch und der Schlosspark, das war wie ein Foto aus einer Insta-Story.
Der Schlosspark war riesig und bestätigte Maries ersten Eindruck: Blumen, Wiesen, Obstbäume und ein großer glitzernder See, auf dem Enten schwammen und der von Schilfrohr umsäumt war. Hinter dem See begann der Wald.
»Das ist traumhaft. Fast so schön wie auf dem Winklerhof«, flüsterte Franzi.
Marie musste ihr recht geben. Das war ganz eindeutig einer der tollsten Orte, die sie jemals gesehen hatte.
»Herzlich willkommen zu deiner Geburtstagsrallye, Lise!«, riefen Ursel und Bella und warfen die Arme hoch.
Lise lachte. »Ihr habt das echt gemacht? Eine Rallye? So wie früher? Das ist genial!«

Sie hüpfte auf und ab. »Ist auch Kronenlaufen dabei? Und Tretbootwettrennen? Und Topfschlagen?«
»Selbstverständlich«, sagte Bella.
»Und Würstchenschnappen?« Lise grinste.
»Aber hallo? Was wäre eine Geburtstagsrallye ohne Würstchenschnappen«, meinte Ursel lachend. »Aber wir sollten anfangen. Ich bin mir nicht sicher, wie lange das Wetter sich hält.« Sie blickte besorgt in den Himmel, an dem dicke schwarze Wolken aufgezogen waren.
»Du hast recht, Ursel! Schnell, fangen wir mit dem Tretbootrennen an. Es wird wild und nass, keiner wird geschont, also bitte legt eure Wertsachen auf den Tisch.« Bella verschränkte entschlossen die Arme. »Was in unserem See landet, bleibt nämlich in unserem See. Er ist ziemlich tief.«
Alle legten ihre Telefone auf den Tisch; Marie legte auch die Halskette ihrer Mutter neben Lises Kronenkette.

Am Ufer des Sees dümpelten zwei Tretboote auf dem Wasser.
»Team Lise!«, rief Marie und zog Bella mit auf das erste Boot.
»Team Ida!«, rief Franzi und nahm Kim und Ursel mit dazu.
»Fred, würden Sie bitte bei uns aushelfen?«, bat Bella. »Drei gegen vier – das ist sonst ungerecht.«
Marie sah Freds gequältem Blick an, dass er beinahe alles lieber gemacht hätte, als sich ein Tretbootrennen zu liefern. Dennoch verbeugte er sich und sagte: »Ihr Wunsch ist mir Befehl, Prinzessin!« Er zog sich die Schuhe und Strümpfe aus und tapste vorsichtig auf das wackelige Deck. Mit geradem Rücken setzte

er sich auf einen der Sitze, legte die Hände in den Schoss und sagte zu Bella: »Durchlaucht, bitte teilen Sie mir mit, wenn ich die Pedale übernehmen soll.«

Marie legte selbst viel Wert auf eine gerade Haltung, aber Fred sah aus, als hätte er eine Eisenstange verschluckt. Ob Fred ihnen viel helfen würde? Na, egal. Sie konnte nicht weiter darüber nachdenken, denn das Rennen startete. »Eins, zwei, drei und go!«, schrie Ida und klatschte in die Hände. Das war der Startschuss.

Bella und Lise trampelten los, als hinge ihr Leben davon ab, und sie legten einen prima Start hin.

Nach wenigen Sekunden lagen sie schon ein paar Meter in Führung!

»Weiter so!«, feuerte Marie Bella und Lise an. »Wir sausen über den See, als hätten wir Flügel!«

»Ich muss Ihnen ein Kompliment machen, Durchlaucht. Das Tretboottreten beherrschen Sie vorzüglichst«, stimmte Fred Marie zu und wischte sich mit der Handschuhhand den Schweiß von der Stirn.

Es war drückend heiß.

GRRRRRROA! WUMMMMM!

Ein Donnerschlag!

Im nächsten Augenblick zuckte ein Blitz über den Himmel und ließ die Bäume am Uferrand gespenstisch aufleuchten.

Und bevor jemand irgendetwas sagen oder tun konnte, prasselten die dicksten Tropfen, die Marie jemals gesehen hatte, mit voller Wucht auf sie herunter.

»Abbruch!«, forderte Ida auf dem anderen Boot. »Wir müssen sofort vom See runter. Das ist gefährlich!«
Marie war auch alles andere als wohl. Sie fasste sich an den Hals, um sich mit dem Kettenanhänger zu beruhigen, erinnerte sich aber sofort, dass sie die Kette auf den Tisch gelegt hatte. Sie duckte sich und Fred deckte schützend eine Plane über sie, Bella und Lise. Sehen konnten sie zwar nun nicht viel, aber zumindest hielt sie die schlimmste Nässe ab.
Sie wendeten und Lise und Bella gaben alles. Sie beiden keuchten vor Anstrengung und trotzdem legten sie als Zweite am Ufer an.
Schnell kletterten sie vom Boot und rannten zurück ins Schloss. Diener Fred folgte, mit der Torte in der Hand, im Eilschritt.

»Ich koche euch einen schönen warmen Tee«, sagte eine junge Frau mit weißer Schürze, als sie wie begossene Pudel in der Eingangshalle standen. »Dass es so schlimm gewittern würde, das konnte wirklich niemand ahnen.«
Fred zitterte, die Torte immer noch in der Hand. Die junge Frau nahm sie ihm ab. »Untertänigsten Dank, Emma!«, sagte er. »Ich führe die Herrschaften in den Speisesaal und werde das Feuer im Kamin entzünden. Die behagliche Wärme wird verhindern, dass Sie sich erkälten.«
Franzi zog Marie am Ärmel und kicherte. »Wir hatten euch schon fast eingeholt. Das hättet ihr nie gewonnen! Was sagst du dazu, Kim?«
»Kann sein, kann auch nicht sein«, sagte Kim und zog sich die

triefend nasse Sweatjacke aus. »Ihr hattet mich, die anderen Fred.«

»Kim, echt!«, schimpfte Franzi. »Du hast dieses unsportliche Bild von dir, aber das stimmt überhaupt nicht. Deinetwegen hätten wir sicher nicht verloren.«

Doch Marie war nicht bei der Sache. Irgendwas fühlte sich anders an als sonst. Und mit einem Schlag wusste sie, was es war. Sie griff sich an den Hals. Das vertraute Gewicht des Kettenanhängers war weg.

»Ich muss noch mal kurz raus«, informierte sie die anderen. »Ich habe meine Kette draußen vergessen!«

Kim und Franzi wollten sie zurückhalten, doch Marie hatte sich Franzis Jacke geschnappt und war schon die Stufen hinuntergelaufen.

Franzi und Kim sahen sich an. »Hinterher?«, fragte Franzi.

Kim zog eine Augenbraue nach oben. »Klar, hat ein Ausrufezeichen ein Problem, dann haben es die anderen beiden auch!«

Marie kämpfte sich durch den peitschenden Regen. Dass sie dabei pitschnass wurde, war ihr gerade ziemlich egal. Sie war sauer auf sich selbst. Warum hatte sie die Kette nur ausgezogen? Und warum in aller Welt hatte sie sie dann vergessen?

Der Wind und der Regen waren so unbarmherzig, dass sie kaum etwas sehen konnte. Dann endlich erreichte sie den weiß lackierten Tisch. Doch der war leer.

»Sie ist weg!«, stieß Marie aus und ließ sich auf die Knie sinken. Mit den Händen wühlte sie im Gras herum, doch der Bo-

den wurde immer mehr zur Matschgrube. »Ich habe sie genau hier hingelegt. Wo ist sie denn?«
Plötzlich spürte sie eine Hand auf ihrem Arm. Kim!
»Das hier bringt doch nichts. Alles ist nass und schlammig und der Himmel hat sich verdunkelt. Man sieht ja nur die Hälfte. Wenn überhaupt!«, versuchte Kim sie zu trösten.
Wie zur Bestätigung donnerte es laut und grollend.
»Wenn das Gewitter vorbei ist, helfen wir dir suchen. Versprochen!«, fuhr Kim fort.
Marie hörte auf, den Boden abzutasten, und wischte sich mit dem schmutzigen Handrücken die Tränen von der Wange. Eine braune Erdschliere zog sich nun vom Auge bis zum Mund.
»Aber die Kette darf nicht weg sein«, schluchzte sie. »Ich brauche sie.«
»Das wissen wir doch«, sagte Franzi, kniete sich ebenfalls neben Marie und legte ihr den Arm um die Schultern. »Und deswegen werden wir sie auch wiederfinden. Schon vergessen? Du kennst da zwei Detektivinnen, die sollen nicht schlecht sein.« Sie grinste.
Mit einem Mal war die Panik weg. Ob nun durch Franzis und Kims Worte oder durch die Tatsache, dass ihre besten Freundinnen mit nach draußen gekommen waren und die Sache mit ihr gemeinsam durchstanden, wusste sie zwar nicht, aber das war auch egal. Marie konnte wieder einen klaren Gedanken fassen. »Danke«, sagte sie leise. »Ihr habt recht. Wir suchen nachher weiter.« Sie rappelte sich auf.
ZIIIIIIIMMMMM! Zwei Blitze schossen nach unten. Erschro-

cken sahen die drei !!! in den Himmel. Und noch erschrockener auf das Seeufer, aus dessen Schatten sich eine schwarze Gestalt löste, sich gehetzt umblickte und sich plötzlich in nichts auflöste.

Ein lang gezogener hoher und schriller Schrei tönte über den See.

»Was war das?«, fragte Franzi.

»Und wo ist es hin?«, wunderte sich Kim. »Es war PLOPP! weg. Wie ein Geist!«

In Marie war merkwürdigerweise kein Platz für Angst. Stattdessen kam ihr ein fürchterlicher Verdacht. »Ich glaube, dieser Geist hat meine Kette gestohlen! Ihm nach!«

Sie merkte, dass Kim und Franzi sie erstaunt ansahen. Sonst war sie die Erste, die vor übersinnlichen Phänomenen Angst hatte und eher die Flucht nach hinten als nach vorn antrat.

Mutig stapfte sie zum See. Ein Dieb, der ihr die Kette ihrer Mutter wegnahm? Der sollte sie kennenlernen.

»Stehen bleiben!«, rief sie laut. Sie suchte auf dem Boden nach frischen Fußspuren, konnte aber keine entdecken. Verflixt noch mal. Die Gestalt war doch an dieser Stelle aufgetaucht!

»Marie, pass auf!«, schrie Kim. »Da drüben!«

Ruckartig drehte Marie sich um. Sie hörte ein Rascheln und ein merkwürdiges schmatzendes Geräusch und sah die schwarze Gestalt, die drei Meter vor ihr über die Wiese rannte. Auf den schiefen Schlossturm zu. Marie zögerte keinen Augenblick.

An den Ginsterbüschen vorbei Richtung Turm ... wieder war die Gestalt weg, wie vom Erdboden verschluckt!

Franzi und Kim waren nun bei ihr angekommen. »Habt ihr das gesehen?«, fragte sie.

»Ja«, sagte Franzi. »Ich verstehe es auch nicht. Es ist, als wäre der Geist durch die Mauer verschwunden.«

Sie nahmen sich an der Hand und gingen langsam auf den Turm zu. Die Wand war glatt, nirgendwo war eine Tür oder ein Eingang zu sehen. Sie suchten und tasteten sich entlang, doch nach einiger Zeit ließ Kim die Hände sinken. »Wir müssen wieder rein. Wir sehen nichts, wir sind pitschnass und es ist dunkel.«

Franzi nickte. »Wir werden schon herausfinden, was hier vor sich gegangen ist.«

Marie verschränkte die Arme. »Genau. Und ich werde meine Kette wiederbekommen!«

Schockzustände

»Es regnet und regnet und regnet«, sagte Lise traurig und schob sich ein großes Stück der Sahnetorte in den Mund. »Meinen Geburtstag habe ich mir irgendwie anders vorgestellt. Wenigstens die leckere Torte konnten wir vor dem Gewitter retten. Kim, Franzi und Marie eher nicht. Die sind total durchgefroren.«

Marie zog sich die Wolldecke enger um den Körper. So ein Gewitter hatte sie noch nie erlebt. Es war richtig gewesen, die Suche abzubrechen. Sie vermisste ihre Kette zwar, aber ihre zwei besten Freundinnen wollte sie dafür nicht in Gefahr bringen. Als sie ins Schloss zurückgekommen waren, hatten Marie, Kim und Franzi sich warme, trockene Sachen angezogen und nun saßen sie dicht aneinandergekuschelt auf einem Sofa. Die Wärme des Feuers tat Marie gut. Sie schloss die Augen und hörte dem Prasseln des Regens zu, der an die Scheiben des Speisesaals klopfte. Schon ziemlich merkwürdig, dachte sie, wie gemütlich ein Gewitter sein konnte, wenn man es warm und ein Dach über dem Kopf hatte. Wenn es ein Schlossdach war – umso besser!

Marie beobachtete Ursel und Bella. Die beiden tranken Tee, unterhielten sich und sahen überhaupt nicht wie echte Prinzessinnen aus. Aber sie waren es.
Ursel hatte ihren Fuß hochgelegt und Marie konnte sehen, dass ihr Knöchel dick geschwollen war. Ein Verband mit einem Kühlpad war darumgewickelt. Beim Rückzug aus dem Gewitter war sie über eine Wurzel gestolpert und hatte sich den Fuß verknackst.
»Darf ich euch etwas fragen?«, wandte sich Marie an die beiden, als sie aufstand, um sich aus der Kanne neuen Tee einzuschenken. »Als ihr beiden Kinder wart, war euer Leben da … äh, wie soll ich sagen … prinzessiger?«
Ursel lachte. »Ein bisschen vielleicht. Wir mussten öfter mal zu Hochzeiten und anderen Feierlichkeiten, wo wir dann ganz schön herausgeputzt wurden, stimmt's, Bella?«
»Ja, aber ich mochte die vielen Rüschen und Haarkränze und den ganzen Sums nie so recht«, erzählte Bella. »Wir mussten lernen, richtig zu essen und Leute zu begrüßen und still zu sitzen. Ich wollte immer lieber ein normales Mädchen sein, so wie die anderen in meiner Klasse.«
Marie nickte. Das klang tatsächlich gar nicht nach viel Glanz und Gloria, sondern im Gegenteil. Ziemlich nervig.
»Aber es gab auch schöne Seiten«, wandte Bella ein. »Wir durften zur Hochzeit von Prinzessin Diana nach England, sind überhaupt viel gereist und haben interessante Menschen kennengelernt.«
»Und du hast ja sogar deinen Prinzen getroffen, Bella!« Ursel

lächelte. »Für dich war es dann aus mit dem Wunsch nach Normalität.«

»Stimmt, durch Manuel lebe ich jetzt mehr wie eine Prinzessin, als ich es mir gewünscht habe. Er wollte unbedingt auf dem Schloss wohnen bleiben. Na ja, es ist auch wirklich schön hier und damals war alles viel besser in Schuss als jetzt.« Bella blickte sehnsüchtig in die Ferne. »Weißt du noch, wie wir uns immer im Turm versteckt und die Eulenbabys beobachtet haben? Jetzt kann man den Turm nicht mehr betreten und Eulen und Käuzchen gibt es auch keine mehr. Nicht mal im Wald.«

»Wirklich?«, fragte Ursel erschrocken. »Das wusste ich gar nicht. Warum denn das?«

Doch bevor Bella antworten konnte, fuhr eine starke Windböe ums Schloss und ließ die Fenster klappern. Es pfiff und ächzte. Quietschte und stöhnte.

»Das ist der stärkste Sturm, den ich je erlebt habe«, sagte Lise. »Man versteht kaum sein eigenes Wort. Ich würde vorschlagen, wir drücken auf die Geburtstagsfeier-Stopptaste, bis sich das Wetter etwas beruhigt hat.« Sie blickte in die Runde und alle nickten zustimmend.

»Aber ein bisschen Kultur geht.« Lise stand auf. »Darf ich Kim, Franzi und Marie das Bild von Dorer zeigen? Das mit der Schleiereule?«

Bella nickte. »Klar, ich komme mit! Es hängt im Rittersaal. Und ich schalte vorsichtshalber die Alarmanlage ab. Die ist immer so empfindlich.«

»Wow! Wie ein 3-D-Movie.« Marie konnte es nicht fassen. Sie stand vor dem Bild der Schleiereule, die direkt auf sie zuzufliegen schien. »Wann ist dieses Bild gemalt worden? Das ist ja ein Mega-Spezialeffekt!«

»1648«, antwortete Bella. »Ja, der alte Meister beherrschte seine Kunst. Ich bin auch immer wieder aufs Neue fasziniert!«

»Und wie echt die Eule aussieht«, sagte Franzi. »Sie erinnert mich sehr an Matilda!«

Marie musste Franzi zustimmen. Die Schleiereule von Dorer glich Franzis Eule bis auf die kleinste Feder.

»Wer ist Matilda?«, fragte Ida.

»Eine Eule, deren Flügel gebrochen war und die ich gesund gepflegt habe«, antwortete Franzi. »Sie lebt nun schon fast ein Jahr bei uns. Ich denke, dass sie bald wieder ausgewildert werden kann.« Marie sah es Franzi an, dass sie zugleich stolz und traurig über die Tatsache war.

»Vielleicht sind sie miteinander verwandt?«, vermutete Lise. »Auch wenn bei Eulen die Ahnenforschung bestimmt schwieriger ist als bei Menschen.«

In diesem Augenblick zuckte es hell. Direkt vor dem Fenster des Rittersaals. Es donnerte so laut, dass Marie sich instinktiv die Ohren zuhielt und die Augen zusammenpresste.

Etwas knallte und splitterte. Und es wurde kalt.

Marie hörte Schreie und wurde mit aller Macht nach hinten gezogen. Sie schlug hart mit der Schulter auf dem Boden auf und rutschte unter einen der alten Holzstühle.

Als sie die Augen aufmachte, war sie im Wald.

Made in China

Zumindest dachte sie das für einen kurzen Moment. Denn vor ihr lag die Krone eines Baumes. Wie konnte das sein? »Kim? Franzi?«, rief sie mit dünner Stimme. Bis auf das Pfeifen des Windes blieb alles still. Nein, bitte nicht. Es durfte einfach nicht sein, dass ihre beiden Freundinnen von diesem Baumungetüm begraben worden waren. So schnell sie konnte, rappelte sie sich hoch. Hektisch blickte sie sich um – und atmete erleichtert auf. Alle hatten unter dem großen Holztisch Schutz gefunden und starrten auf die Bescherung.

»Der Baum ist durch das Fenster gekracht!«, wiederholte Lise leise in Dauerschleife. »Der Baum ist durch das Fenster gekracht. Einfach durch das Fenster gekracht.«

Franzi und Kim krochen unter dem Tisch vor und halfen Marie auf. »Du hast nicht reagiert«, sagte Kim. »'tschuldigung, dass ich dich so unsanft auf den Boden geschmissen habe, aber sonst …«

»Danke, dass du es gemacht hast«, unterbrach Marie sie. »Ist mir definitiv lieber, als unter einem Baumstamm zu liegen.«

»Hört ihr das?«, fragte Ida plötzlich.
Marie lauschte und schüttelte den Kopf. »Nein, nichts!«, sagte sie.
»Genau«, antwortete Ida und kam ebenfalls unter dem Tisch hervor. »Der Wind und der Regen haben nachgelassen!«
Alle blickten aus dem zweiten Fenster, das heil war und durch das nun die Sonne schien, als hätte es Sturm, Wind und Prasselregen nie gegeben.
Nur der Baum, der mitten im Saal lag, und die vielen Holz- und Glassplitter bewiesen das Gegenteil.
»Krass«, meinte Lise und ging um den Baum herum. Dann hielt sie inne, wurde kreidebleich und zeigte auf die Wand. »Die Eule … d…die Eule ist …«, stotterte sie und hob etwas auf, was einmal ein Gemälde gewesen war. Die Leinwand war in der Mitte durchgerissen und der Rahmen zerschmettert. »Tante Bella, ich weiß nicht …« Sie ließ die Überreste des Bildes sinken.
Bella ging Schritt für Schritt in Zeitlupe nach vorn zu Lise und griff sich, was von der Schleiereule übrig war. »Das ist das Ende«, sagte sie beängstigend leise. »Wenn wir die Schleiereule nicht mehr haben, können wir den Besuchern nichts mehr bieten. Und ohne Besucher kommt kein Geld in die Kasse. Wenn Manuel das erfährt … ich weiß nicht, was er dann tut.«
»Darf ich mal sehen?«, meinte Kim. »Vielleicht kann man die Leinwand reparieren oder besser gesagt: restaurieren?«
Sie legte den dunklen Holzrahmen und die Leinwandfetzen auf den Tisch und sortierte. Sie nahm eine Latte des Rahmens,

stutzte und besah sie sich genauer. Dann fischte sie ein Taschenmesser aus der Hosentasche, klappte es auf und hebelte einen dicken Nagel nach oben.

»He, was machst du denn da?«, rief Franzi empört. »Du gibst dem Bild ja noch den Rest.«

»Ich muss etwas untersuchen«, gab Kim zurück und ruckelte noch einmal kräftig. Sie zog die Leinwand vom Rahmen und nickte.

»Sehr interessant«, sagte sie. »Kommt her, das müsst ihr euch ansehen. Hier ist etwas oberfaul!«

»Made in China«, las Lise vor. »Kapiere ich nicht. Hatte Dorer Beziehungen zu China? Oder was hat das zu bedeuten?«

»Das bedeutet«, sagte Kim ernst, »dass das Gemälde auf keinen Fall von Dorer und auch auf keinen Fall so alt ist. Vor uns liegt eine Fälschung!«

Bella griff nach dem nächsten Stuhl und ließ sich daraufsinken. »Das ist mir alles zu viel!« Sie seufzte. »Wie kann das sein? Die Alarmanlage ist immer an. Und sie funktioniert beinahe zu gut. Ein Schritt zu weit und sie lärmt los. Deswegen habe ich sie gerade ausgeschaltet. Es kann kein Besucher gewesen sein ...«

Ida strich sich nervös über den Arm. »Ich gehe mal in die Küche und hole ein Glas Wasser«, schlug sie vor.

»Es tut mir schrecklich leid«, sagte Kim besorgt. »Wer kennt außer Ihnen den Code der Alarmanlage?«

Bella sah Kim misstrauisch an. »Niemand natürlich. Bis auf Manuel! Warum fragst du?«

»Das ist gut zu wissen. Trotzdem befragen wir die Bediensteten

als Erstes«, erläuterte Franzi. »Vielleicht haben sie etwas Verdächtiges bemerkt?«
»Befragen?«, entfuhr es Bella erstaunt. »Warum befragen?«
Nun mischte Lise sich ein. »Tante Bella. Kim, Franzi und Marie sind Detektivinnen. Sie haben schon eine Menge schwierige Fälle gelöst. Vielleicht könnten sie dir helfen?«
Bellas Augen wurden klarer. »Das gibt es doch gar nicht. Euch schickt der Himmel. Und ihr würdet den Fall übernehmen?«, wollte sie wissen.
Kim überreichte ihr die Karte des Detektivteams. »Natürlich! Wir würden uns freuen.«

Lises Tante nickte schwach. »In Ordnung. Aber ich habe eine Bitte. Sagt Manuel nichts davon. Ich weiß nicht, wie er darauf reagieren würde.«
Lise war natürlich einverstanden und versprach, Onkel Manuel nichts zu erzählen. Und nachdem Ida mit einem Glas Wasser zurückgekommen war, ließen sie Bella auf deren Wunsch hin

erst einmal alleine. Marie konnte sie gut verstehen. Sicher wollte sie in Ruhe mit der Versicherung telefonieren und sich einen Überblick über die Lage verschaffen.

»Es tut mir total leid, dass deine Geburtstagsfeier so ins Wasser gefallen ist«, sagte Franzi zu Lise, als sie in den Schlafraum kamen, um sich von den Ereignissen der letzten zwei Stunden zu erholen und darüber zu sprechen, wie sie im Fall Bilderfälschung und im Fall Kettenklau mit Geistererscheinung weiter vorgehen wollten.
Sie ließ sich aufs Bett direkt neben Maries fallen.
»Um ehrlich zu sein: Ich bin überhaupt nicht enttäuscht. Im Gegenteil. So einen spannenden Geburtstag habe ich mir schon immer gewünscht«, antwortete Lise zu Franzis Überraschung. »Für Bella ist es natürlich schrecklich, aber ich wollte schon immer mal einen Fall lösen. Sagt Bescheid, wenn ihr Ida und mich braucht. Wir sind eure Assistentinnen, wenn ihr wollt!«
»Genau, wenn wir helfen können, sagt Bescheid!«, bestätigte Ida.
Marie sah Franzi und Kim an und wusste sofort, was die beiden dachten.
»Ihr seid natürlich dabei. Und ich bin mir sicher, ihr werdet uns eine große Hilfe sein, Schließlich kennst du dich auf Eulenfels gut aus, Lise, und du, Ida, kennst die Familie auch schon länger. Solche Informationsquellen sind für die Ermittlung von großer Bedeutung!«
»Ihr könnt fest mit uns rechnen!«, sagte Ida ernst.

Lise und Ida saßen gemeinsam auf Idas Bett und kuschelten sich unter die Decke.
Die alten Holzbetten knarrten und die Samtvorhänge rochen ein wenig muffig.
Kim holte ein Notizbuch aus dem Gepäck und zückte den Stift: »Also, was wissen wir?«, fragte sie. »Fangen wir mit den Mitarbeitern hier im Haus an? Und könnt ihr uns auch etwas über Bella und Manuel erzählen?«, wollte sie von Ida und Lise wissen.
Lise bejahte. »Klar. Meine Tante und meinen Onkel sehe ich regelmäßig. Früher war ich sogar mal eine Woche oder länger am Stück zu Besuch, zu dieser Zeit habe ich sie immer beneidet, dass sie im Schloss wohnten, wohingegen meine Mutter entschieden hatte, in die Stadt zu gehen. Damals habe ich natürlich nicht gewusst, wie teuer und anstrengend es ist, so ein Anwesen zu haben. Ich wollte eben gerne Prinzessin spielen. Tante Bella ist eine ganz nette und lustige Tante. Sie hat mir immer tolle Geburtstagspartys geschenkt. Jedes Jahr ein anderes Motto, aber Kronenlaufen und Tretbootrennen und die ganzen Spiele, die wir vorhin spielen wollten, waren immer dabei.«
Lise schlug die Bettdecke zurück und holte ein paar Fotografien aus ihrem Geldbeutel. »So wie da, guckt mal!«
»Hast du die dabei?«, fragte Ida begeistert. »Die habe ich ja schon ewig nicht mehr gesehen. Schau mal, wie klein wir waren. Das Motto war Maikäfer.«
Lise lächelte. »Ja, da sind wir gerade in die Schule gekommen. Süß, oder? Die Haarreife mit den Fühlern!«

Marie guckte Lise und Ida neugierig über die Schulter. »Ihr kennt euch schon sehr lange, oder?«
»Gemeinsames Babyschwimmen«, antwortete Ida. »Dabei haben sich unsere Mütter angefreundet und wir sind beste Freundinnen geworden. Zum Glück!«
»So lange sind Kim, Franzi und ich zwar noch nicht beste Freundinnen, aber ich weiß genau, was du meinst«, antwortete Marie.
»Und Manuel?«, fragte Franzi. »Wie ist der so drauf?«
»Er ist eher still. Aber total nett«, sagte Lise. »Er hat uns früher mit in den Wald genommen und uns die Eulen gezeigt. Damals gab es noch viele hier auf Eulenfels. Im Turm und im Wald.«
»Und könnt ihr euch vorstellen, dass deine Tante oder dein Onkel etwas mit der Fälschung zu tun hat, Lise?«, fragte Franzi weiter.
»Definitiv nicht! Warum auch? Das Bild ist doch der wichtigste Schatz hier auf Eulenfels. Wenn sie den nicht mehr haben, dann können sie gleich einpacken. Sie konnten es sich schon *mit* dem Bild nicht leisten, das Absinken des Turmes zu verhindern. Und ohne? – Keine Chance.« Lise funkelte Franzi an, als hätte sie sie persönlich verdächtigt.
»Sei nicht sauer, wir müssen das fragen«, versuchte Franzi zu beschwichtigen.
Lise sah das ein und erzählte ausführlich von Diener Fred, der schon so lange im Dienst von Bella und Manuel war, wie sie sich erinnern konnte. Er war einfach immer da gewesen und hatte

ihnen unaufdringlich jeden Wunsch von den Augen abgelesen. Und sosehr sie darüber nachdachten: Sowohl Lise als auch Ida mussten feststellen, dass sie gar nicht mehr über Fred wussten. Wirklich unterhalten hatten sie sich mit ihm nie.

»Immerhin wissen wir, dass er ein Spiegelei auf seinen Unterarm tätowiert hat«, sagte Marie.

»Was?« »Echt?« »Ach, Quatsch!« »Weiß ich gar nicht!« Alle redeten gleichzeitig durcheinander und kicherten.

»Und Emma? Hat die dann die Bratpfanne dazu auf dem Oberarm?« Franzi japste vor Lachen, dass sie fast aus ihrem Himmelbett fiel.

»Gut möglich!« Lise kicherte. »Aber um ehrlich zu sein, über Emma weiß ich auch nichts. Sie ist ja erst so kurz auf dem Schloss!«

Marie erinnerte sich an die leckere Torte, das sie vorhin gegessen hatte. »Zumindest wissen wir, dass sie gut backen kann!«

Detektivtagebuch von Kim Jülich
Samstag, 13:58 Uhr

Lise hat es sich hoffentlich vorher gut überlegt, uns einzuladen. Und gar nicht erwartet, dass sie dann eine ruhige, schöne und lustige Geburtstagsfeier haben wird. Nicht mit uns. Selbst wenn wir es uns wünschen würden: Sind wir drei zusammen, ist der nächste Fall nicht weit. Lustig und schön kann man es mit uns haben, aber ruhig? Pustekuchen. Habe ich von *einem* Fall gesprochen? Eigentlich sind es zwei ... Der eine ist unheimlich und der andere zumindest sehr mysteriös und für Marie ein wenig traurig.

Dabei wäre es total gut gewesen, mal ein Wochenende mit Marie und Franzi zu entspannen. Schloss Eulenfels liegt nämlich traumhaft mitten in der Natur und es gibt sogar einen angrenzenden Wald. Und Lise, Maries neue Freundin aus dem Ostviertel, ist wirklich sehr nett. Bestimmt hat sie sich den Geburtstag anders vorgestellt, obwohl sie nun Feuer und Flamme ist, uns bei der Lösung des Falls zu helfen. Und Ida, Lises langjährige Freundin, auch.

Mein Detektivinnengespür sagt mir, dass diese beiden Fälle ganz schön verzwickt sind. Zum einen ist Maries Kette gestohlen worden. Und es ist nicht irgendeine Kette. Sondern das Erinnerungsstück an ihre verstorbene Mutter. Sie trägt sie immer. Und wenn sie Trost braucht, dann greift sie den Herzanhänger ganz fest. Ist total logisch, dass Marie sie unbedingt wiederhaben will und sich Vorwürfe macht, dass sie sie überhaupt abgenommen hat. Das Komische an der Sache ist, dass die Kette nicht einfach nur weg ist, sondern dass wir eine geisterhafte Gestalt in der Nähe des Tatorts gesehen haben. Geisterhaft, weil sie mal hier und mal dort aufgetaucht und dann plötzlich im abgesunkenen Turm verschwunden ist. Obwohl da kein Eingang ist. Zumindest haben wir auf die Schnelle keinen finden können. Das Gewitter war so stark, dass wir nicht länger draußen bleiben konnten.

Fast noch unheimlicher als die geisterhafte Gestalt fanden Franzi und ich Maries Verhalten. Marie glaubt nämlich an übersinnliche Sachen und hat gehörig Angst. Und was ist vorhin passiert? Nichts! Keine übliche Marie-Panik, sondern sie ist dem vermeintlichen Geist supermutig hinterhergestiefelt. Ich war echt überrascht und danach total stolz auf sie. (Muss ich ihr nachher unbedingt sagen!)

Ohne Maries Kette werden wir nicht von Eulenfels wegkutschiert, das kann ich ihr versprechen. Und wenn ich jeden Stein umdrehen muss oder mit dem Kopf durch die Turmwand!

Tja, und dann kam die Sache mit der Schleiereule.

Eulen spielen hier auf Eulenfels (wie der Name ja schon sagt) eine wichtige Rolle.

Früher lebten hier in der Gegend jede Menge davon, und die Eule wurde zu einer Art Maskottchen des Schlosses, aber seit ein paar Jahren sind sie ausgezogen.
Der wertvollste Schatz hier und ein richtiger Besuchermagnet ist das Bild »Die Schleiereule« von Dorer. Ich bin keine Ölschinken-Liebhaberin, aber dieses Bild ist wirklich etwas Besonderes. Dorer hat eine Eule gemalt, von der man glaubt, sie fliegt direkt auf einen zu. Unglaublicher Effekt! Wir konnten diesen Anblick ungefähr fünf Minuten genießen! Denn dann ist ein Baum durchs Fenster gekracht und hat das Bild zerstört. (Zum Glück nicht uns ... es war haarscharf – vor allem für Marie!)
Der Baum ist zwar irgendwie auch ein Täter, aber keiner für Kommissar Peters. Den Täter müssen wir nämlich noch finden, denn: Das Bild, von dem Bella die ganze Zeit gedacht hat, dass es echt ist, ist in Wirklichkeit eine Fälschung! Auf dem Rahmen, der alt aussah, mit Wurmlöchern und allem Drum und Dran, stand: Made in China. Unglaublich, oder? Wer war das? Und warum hat die Alarmanlage nicht funktioniert? Oder war sie ausgeschaltet? Und wo ist das Original-Bild? Oder hing schon immer eine Fälschung auf Eulenfels?

Geheimes Tagebuch von Kim Jülich
Samstag, 14:20 Uhr

► Wer das hier liest, hat die Qual der Wahl: Entweder muss er eine Nacht in dem abgesunkenen Teil des Schlosses schlafen. Oder er muss alle Märchen, in denen eine Prinzessin vorkommt, auswendig lernen und rückwärts aufsagen. Was ist dir lieber, Wörterdieb? ◄
Unser Liebes-Fortsetzungsroman für die Jugendzeitung stresst mich. Dabei fand ich die Idee von dem Redakteur total nett. Aber es soll eben nicht nur romantisch sein, sondern auch ein bisschen lustig. Und keine Story, die schon tausendmal geschrieben wurde! Ich hatte Marie meine Probe von der Prinzessinnen-Prinzen-Pferde-

Geschichte gegeben. Sie fand sie gut und David auch. In Sachen Pferde kann ich ja Franzi fragen und in Sachen Prinzessinnen Bella und Ursel. Ja, ich glaube, das ist ein guter Plan. Ob David es schafft, mir den Text bis morgen zu schicken? Eher nein, der ist grad mit anderen Dingen beschäftigt. Seine Mutter hat ihn überredet, bei einem Werbeclip, den eine ihrer Bekannten produziert, mitzuspielen. Es geht um Zahnpasta und er soll einen Zahnarztsohn spielen. Mehr weiß ich nicht.

Oh ... Moment. Gerade schickt mir David das Video. Die Zahncreme heißt offensichtlich Dentibelli Ultraweiß, die neue Superzahncreme. Ich sehe mir das kurz einmal an ...

Oh nein!!!!! Ist das etwa schon online? David grinst breit in die Kamera und seine Zähne blinken und gleißen. Er sieht aus wie ein superglücklicher Biber. Und dann auch noch der doofe Spruch: »Dentibelli Ultraweiß. Von führenden Zahnarztsöhnen empfohlen!«

Wie blöd und megapeinlich ist das denn? Warum zeigt er mir den Clip denn nicht vorher? Vielleicht hätte ich noch etwas ändern können? Und ARGGGH! Eine Videonachricht von meinen Brüdern. Ist ja so was von klar, dass die den armen David veräppeln müssen. Mal sehen:

Ben und Lukas stehen mit zahnpastaverschmierten Mündern und ihren Zahnbürsten in der Hand im Badezimmer. Sie prosten sich mit ihren Zahnputzbechern zu, grinsen und spitzen ihre Lippen: »Küsse mit Dentibelli Ultraweiß. Die liebt Kim besonders. Bussi. Bussi. Von führenden Superknutschern empfohlen!« Und dann lachen sie sich schlapp.

Ben und Lukas sind gemein. Wenn ich die zu Hause zu fassen kriege, dann blüht denen aber was! Und ich muss mir überlegen, was ich dem Möchtegern-Zahnarztsohn sage, ohne dass er sauer auf mich wird. Das wird, glaube ich, schwieriger, als die beiden Fälle zu lösen.

»Ach komm, mach dir doch nichts draus«, meinte Franzi, nachdem Kim ihr immer noch ein wenig verstört das Video gezeigt hatte. Sie zwinkerte ihr zu. »Ich weiß gar nicht, ob ich David überhaupt erkannt hätte. Mit so viel Schaum vor dem Mund und den Blinki-Blinki-Zähnen. Selbst wenn du den Clip vorher gesehen hättest, die Regisseurin hat das letzte Wort. Und David hätte sich schlecht gefühlt, weil er gewusst hätte, dass du seinen Auftritt lächerlich findest.«
»Stimmt.« Marie nickte. »Und du musst ja nicht sagen, dass du total begeistert bist. Sag einfach: ›Der Clip wird der Zielgruppe bestimmt gefallen‹ oder so etwas.«
Kim sah nach der Ansprache ihrer Freundinnen nicht mehr so entgeistert aus wie vor ein paar Minuten. Marie war froh, dass sie Kim beruhigen konnten. Erstens fand sie die Sache überhaupt nicht so schlimm. Zweitens sollte Kim in Ruhe mit David am Liebesroman weiterarbeiten. Da war jede Missstimmung gefährlich. Sie wollte schließlich wissen, wie es mit Prinzessin Mariola und Prinz Florian und den ganzen Pferden weiterging.
Und drittens und am allerwichtigsten brauchten sie Kims klaren Verstand, wenn sie im Fall Bilderfälschung weiterkommen wollten.
Aber was war das? Marie hob den Kopf.
Draußen polterte es. Laut und dann immer leiser.
»Vielleicht hat der Wind aufgefrischt?«, meinte Lise ängstlich.
Marie sah aus dem Fenster. Nein, da rührte sich nichts. Sogar die Sonne schien weiterhin.

»Die Geistergestalt«, murmelte Marie. »Unser Zimmer ist das letzte bewohnte vor dem Spalt. Danach kommt nur noch der unbewohnbare Turm.«

»Welche Geistergestalt?«, fragte Ida.

Die drei !!! erzählten Ida und Lise die Kurzform ihrer Verfolgungsjagd.

Ida und Lise bekamen große Augen. »Das ist unheimlich«, meinte Ida. »Und ihr glaubt, dass die Geräusche da draußen etwas mit dem Geist zu tun haben?«

»Das werden wir gleich herausfinden. Aber wir müssen leise sein!«, sagte Marie.

Im Gänsemarsch schlüpften die fünf aus der Tür und schlichen den Gang entlang.

Keiner sagte etwas, allerdings war auch der vermeintliche Geist still.

Nach ungefähr dreißig Metern waren sie am Absperrband angekommen. Vor ihnen klaffte der Riss im Boden und hinter dem Riss konnte man etwas weiter unten die Eingangstür zum Turm erkennen.

Marie fröstelte. Bella hatte sie gewarnt und das hier sah wirklich alles andere als harmlos aus. Der Boden war nass, denn auch die Decke war durch das Unglück undicht geworden.

»Was machen wir jetzt?«, fragte Marie. »So kommen wir wieder nicht in den Turm.«

»Oh doch! Was Ronja Räubertochter kann, kann ich schon lange«, antwortete Franzi entschlossen. »Ich springe!«

Franzi Räubertochter

»Auf keinen Fall! Das ist viel zu gefährlich!«, wollte Marie schreien. Doch ihr blieb der Satz im Hals stecken, denn sie konnte nur noch zusehen, wie Franzi Anlauf nahm, sich vom Boden abstieß, sprang und …

»Ahhhhhhhh!« Franzi rutschte auf dem glitschigen Boden aus und schlitterte in den Spalt.

Im letzten Moment bekam sie mit beiden Händen Lises Bein zu fassen und klammerte sich daran fest.

Durch die Wucht fiel Lise hin, und um nicht auch in den Abgrund gezogen zu werden, stemmte sie sich mit dem rechten Arm an die Wand und lehnte den Oberkörper, so gut es ging, nach hinten.

»Franzi!«, riefen Kim und Marie gleichzeitig. Und dann: »Lise!«

Kim umfasste Lise von hinten und stabilisierte sie.

»Halt dich fest, wir ziehen dich nach oben!« Ida und Marie beugten sich über den Spalt zu Franzi und griffen sie an den Oberarmen.

»Los, das schaffen wir!«, rief Ida. Mit einem Mal bekam Franzi mit dem rechten Fuß Halt und sie konnte mithelfen, indem sie sich nach oben stemmte.
Ida und Marie ließen ihre Arme los und Franzi bekam zuerst den Oberkörper, dann die Beine auf den Flurboden zurück.
Sie kauerte sich zusammen und umklammerte ihre Knie. Die Jeans am linken Knie war aufgerissen und aus einer Schürfwunde sickerte ein wenig Blut.
»Geht es dir gut?«, fragte Kim besorgt und legte Franzi den Arm um die Schultern.
Franzi nickte langsam.
»Bei Ronja hatte es vorher nicht geregnet«, sagte sie trotzig. »Sonst wäre ich da wie ein Reh drübergesprungen!«
»Ohne Zweifel.« Marie kicherte. Sie war erleichtert, dass Franzi mit dem Schrecken davongekommen war. »Auch wenn ich finde, dass der Spalt doch ziemlich breit ist. Wäre auch mit bröseltrockenem Boden nichts für mich.« Plötzlich fiel ihr das Notfallset ein, das ihr ihre Stiefmutter Tessa in die Umhängetasche gesteckt hatte. Da waren auch Pflaster drin. Sie öffnete den Reißverschluss und eine Menge Dinge quollen heraus. Wer brauchte schon Haarband, Socken und Parfum. Mist, die Pflaster waren ganz unten. Sie suchte Halt an der Wand und durchwühlte die Tasche. Da bemerkte sie einen weißen Stofffetzen neben sich. Marie hob ihn auf. Es war eine saubere, frisch gestärkte Stoff-Serviette. Mit dem Logo des Schlosses darauf: einer Eule, die über den Schlossfelsen fliegt. Wie kam die dahin?
»Seht euch das an!«, sagte Marie und gab Kim die Serviette.

»Wo hast du sie gefunden?«, fragte Kim erstaunt.
Marie deutete auf die Stelle am Flurboden, wo die Serviette gelegen hatte.
»Merkwürdig. Sehr merkwürdig«, murmelte Kim und untersuchte jeden Zentimeter der Fundstelle. »Es ist nass, aber nicht so nass wie direkt am Spalt. ... Schlagregen. Der Stoff ist allerdings beinahe trocken, deshalb schlussfolgere ich, dass die Serviette erst ein paar Minuten hier liegen kann, was wiederum bedeutet, dass ...«
»Schluss! Mit! Folgern!«, rief Franzi. »Ich kapiere nichts. Kannst du uns bitte an deinen Gedanken teilhaben lassen!«
Kim sah ihre Freundin erstaunt an. »Klar, 'tschuldigung!«, sagte sie. »Ich wollte nur meine Gedankenkette zu Ende denken.«
»Dann schieß mal los!«, forderte Lise Kim auf. »Für mich liegt da einfach eine Serviette. Kein verdächtiges Indiz.«
Kim deutete auf den Spalt in der Decke. »Das Gewitter hat natürlich auch hier getobt. Durch die Decke ist Regen gekommen und hat den Steinboden rund um den Spalt nass und glitschig werden lassen.«
»Das habe ich gemerkt«, antwortete Franzi und betrachtete ihr Knie.
»Doch der Schlagregen hat auch den Bereich an der Wand nass werden lassen.« Kim wischte mit dem Finger über den Boden und hielt ihn nach oben. »Seht ihr?«
»Und was hat das jetzt mit der Serviette zu tun?«, fragte Lise.
»Wenn die Serviette schon während des Gewitters dagelegen hätte, wäre sie von oben nass geworden.« Kim drehte das Stoff-

stück um. »Ist sie aber nicht. Sie ist nur ein ganz klein bisschen feucht, und zwar von unten.«

»Jetzt verstehe ich!«, sagte Lise. »Die Serviette liegt erst seit Kurzem hier. Das Gewitter hatte da schon aufgehört!«

»Richtig!«, lobte Kim. »Und was wäre dein nächster Schritt?«

Lise überlegte. »Die Servietten sind normalerweise in der Küche. Vielleicht könnten wir Emma befragen, ob sie sich erklären kann, warum wir sie an dieser Stelle gefunden haben?«

Die drei !!! sahen sich an. »Genau das hätten wir auch vorgeschlagen«, sagte Marie und nickte anerkennend.

Die fünf gingen den langen Flur entlang, vorbei an Bildern und Wandteppichen. Viele von ihnen zeigten Eulen und andere Nachttiere wie Igel, Füchse und Fledermäuse.

»Bisschen unheimlich«, stellte Marie fest.

»Leiden die schönen Sachen nicht, wenn durch den Spalt Wind und Wetter wehen?«, wunderte sich Franzi.

Lise zuckte mit den Schultern. »Vielleicht sind Bella und Manuel einfach noch nicht dazu gekommen, die Bilder wegzupacken. Ich könnte mir vorstellen, dass Bella gar nicht so oft in diesen Teil des Schlosses kommt. Ihr Schlafzimmer liegt im anderen Flügel.«

Marie betrachtete die Gemälde genauer. Die Rahmen waren aus billigem Holz. Die Motive jedoch wirkten spektakulär. Ein Fuchs im Sprung und kämpfende Greifvögel. In der linken unteren Ecke konnte sie die Signatur des Malers oder der Malerin erkennen. F. M. Marie sagten diese Anfangsbuchstaben nichts. Ein wertvoller Dorer war es aber in keinem Fall.

»Mittlerweile finde ich es gar nicht mehr gut, dass wir unser Zimmer so nah an diesem Spalt haben«, sagte Ida plötzlich. »Erst dachte ich, dann bekommt es keiner mit, wenn wir die ganze Nacht durchquatschen, aber jetzt würde ich doch lieber im anderen Teil des Schlosses schlafen.«

Marie öffnete die Küchentür. Zumindest dachte sie das für einen Augenblick. Doch sofort sah sie, dass sie in einem Schlafzimmer gelandet war. Einem gemütlichen Schlafzimmer mit einem Holzbett und rot-weiß kariertem Bettzeug. Durch die Fenster des kleinen Erkers konnte man den Schlossgarten sehen. Die Tretboote schwammen ruhig auf dem See, als hätten sie alle das heftige Gewitter von vorhin nur geträumt. In dem Erker stand eine Staffelei mit einer Leinwand. Mit drei großen roten Punkten in der Mitte. Entweder waren das erst die Anfänge eines Motivs oder das Bild war eher von der abstrakten Sorte.

»Stopp!«, rief Lise. »Das ist das Zimmer der Köchin! Die Küche ist daneben.«

»Ups!«, sagte Marie. Die Sache war ihr unangenehm. »Hab ich selber gerade gemerkt!«

Schnell schloss sie die Tür und folgte den anderen.

Emma fuhr erschrocken herum. Als die drei !!!, Lise und Ida die Küche betraten, lächelte sie und ließ wie nebenbei ein in Backpapier geschlagenes Päckchen in ihre Schürze gleiten. »Schön, euch zu sehen. Habt ihr euch nach dem Gewitter wieder trocken bekommen? Geht dein Geburtstag denn jetzt weiter, Lise? Ich habe die Pizzabrötchen fast fertig. Und die Würstchen sind auch schon an der Schnur.«

Lise sah Emma verwirrt an. »Hat dir Bella gar nichts gesagt? Hast du nichts mitbekommen?«

»Nein, ich hatte etwas zu erledigen. Bin gerade erst zurückgekommen.« Emma runzelte die Stirn.

»Es ist etwas Schreckliches passiert«, erzählte Lise. »Ein Baum ist ins Fenster der Bibliothek gefallen und seine Äste haben die Schleiereule von Dorer zerstört.«

Emma wurde bleich. »Was? Nein ... das kann doch einfach nicht ... das glaube ich nicht! Ich ... ich bewundere Dorer und das Bild sehr.«

»Dann wird es dich sicher noch mehr schocken, dass wir herausgefunden haben, dass das Bild eine Fälschung ist!«, sagte Kim.

Emma nahm die Brille von der Nase und wischte sich über die Augen. »Aber dann ist die Sache ja gar nicht so schlimm. Wo ist das Original? Vielleicht hat Bella es in Sicherheit gebracht.« Ihre Stimme klang hoffnungsvoll.

»Bella ist völlig verzweifelt. Sie hat nichts geahnt«, berichtete Lise. »Hast du irgendetwas Verdächtiges bemerkt? Nicht unbedingt heute, aber in der letzten Zeit? Oder hast du das Original gesehen?«

»Ich?« Emma wirkte angesäuert. »Was soll ich denn gesehen haben? Ich bin erst seit ein paar Wochen hier und vollauf damit beschäftigt, mich einzuarbeiten. Verdächtigt ihr mich etwa? Was soll die ganze Fragerei überhaupt?«

»Wir sind Detektivinnen. *Die drei !!!*«, stellte Marie sie vor. »Und wir versuchen, die Sache aufzuklären. Dazu gehört auch das Befragen der Anwesenden«, erläuterte Franzi weiter. »Wir haben viel Erfahrung und bereits beinahe hundert Fälle erfolgreich gelöst.«

»Seid ihr nicht ein bisschen jung, um Verbrecher und Diebe zu fangen?«, fragte Emma erstaunt.

»Kommissar Peters und Kommissarin Aslan sind eigentlich sehr zufrieden mit uns. Und wenn es brenzlig wird, rufen wir einen der beiden!«

»Na dann ...«, antwortete Emma zögerlich, »... scheint das ja in Ordnung zu gehen. Auch wenn mir das weiterhin merkwürdig vorkommt.«

Dann wurde ihr Gesichtsausdruck plötzlich ernst. So, als wäre ihr ein schrecklicher Gedanke in den Sinn gekommen. »Ihr stöbert doch nicht hier auf dem Schloss herum, oder? Einige Bereiche sind einsturzgefährdet. Um die solltet ihr besser einen großen Bogen machen.«

»Zu spät«, sagte Kim nüchtern. »Wir haben direkt vor der Abrissstelle eine Serviette gefunden. Und sie ist aus der Küche. Weißt du, wie sie da hingekommen ist?« Sie hielt Emma die Serviette hin.

Emma starrte sie an. »Das ist einfach nur irgendein Stück Stoff. Keine Ahnung, warum es da lag«, sagte sie kühl. »Ich warne euch. Geht nicht zu nah an den Turm! Das ist lebensgefährlich!«

Franzi nahm Kim die Serviette ab und faltete sie auf. Das Logo von Schloss Eulenfels wurde sichtbar. »Du täuschst dich. Die Serviette ist auf jeden Fall aus dieser Küche.«

Emma biss sich auf die Lippen und schien fieberhaft nachzudenken. Plötzlich lächelte sie und sagte freundlich: »Ja klar, jetzt erinnere ich mich. Ich habe euch Zahnputzbecher und die Servietten aufs Zimmer gelegt. Dabei muss ich die eine auf dem Flur verloren haben. Bestimmt hat ein Luftzug sie dann an die Abbruchstelle geweht.« Sie wirkte erleichtert. »Und jetzt backe ich euch mal die Pizzabrötchen. Dass die Feier abgebrochen wurde, bedeutet ja nicht, dass ihr nichts zu essen braucht! In zwanzig Minuten könnt ihr sie abholen!«

Es wird wild!

»Ich muss euch etwas erzählen«, sagte Marie. »In Emmas Zimmer steht eine Sta…«

PONG! PONG! PONG!

Jemand hämmerte mit der Faust an die Holztür des Schlosses.

Marie hielt im Satz inne. »Da möchte jemand rein. Und es scheint ziemlich dringend zu sein. Kommt, wir verstecken uns hier am unteren Treppenabsatz.«

Die drei !!!, Lise und Ida duckten sich hinter den geschwungenen Handlauf der steinernen Treppe.

»Ich komme ja schon!«, hörten sie Bella rufen, die in einem halsbrecherischen Tempo die Treppe hinuntersauste. Strähnen ihrer langen braunen Haare waren aus dem Pferdeschwanz gerutscht und hingen ihr nun ins Gesicht. Sie sah gestresst aus. Aber das war kein Wunder, dachte Marie. Nach dem, was Bella heute schon alles hatte verdauen müssen!

Mit einem Ruck öffnete Bella die Tür. Ein Mann mit grauem Hut und grüner Lodenjacke stand davor. Über der Schulter hing eine Schrotflinte mit dem Lauf nach unten.

»So geht das nicht weiter!«, polterte er los. »Habe ich Sie nicht deutlich gewarnt?«
Marie erschrak. Genau wie Bella. Was gab diesem Mann das Recht, ohne Begrüßung sofort loszuschimpfen? Und Bella mit wütend funkelnden Augen anzusehen. Der Mann hatte einen hochroten Kopf und sein Mund war nur noch ein schmaler Strich.
Bella atmete tief durch. »Guten Tag, Förster Beitel. Wie genau kann ich Ihnen helfen? Vielleicht kommen Sie erst mal herein und erzählen, was überhaupt passiert ist.«
»Na schön«, knurrte der Förster. »Sie müssen mir aber versprechen, dass das nicht wieder vorkommt!«
»Dass *was* nicht wieder vorkommt?«, fragte Bella weiterhin höflich.
Herr Beitel zeigte Tante Bella eine gelbe Trainingsjacke. Am Arm hatte die Jacke einen großen verschmierten roten Fleck.
Marie hielt die Luft an. War das Blut? Es sah ganz danach aus. Dann spürte sie, wie Kim sie in die Seite knuffte. »He, weiteratmen«, flüsterte Kim. »Sonst kippst du mir noch um!«
»Diese Jacke habe ich direkt neben der Wildschwein-Suhle gefunden!«, berichtete Förster Beitel. Seine Stimme klang nun nicht mehr ganz so wütend. »Das heißt, dass jemand aus dem Schloss dort gewesen ist. Die Bache ist immer noch sehr aggressiv. Es ist lebensgefährlich, in dieser Zeit in ihre Nähe zu kommen! Ich hatte Ihnen dringend empfohlen, Ihre Gäste zu bitten, unbedingt auf dem Schlossgelände zu bleiben. Ich kann sonst für nichts garantieren!«

»Das habe ich getan! Ich kann mir nicht vorstellen, dass jemand diese Bitte missachtet hat!«, verteidigte sich Bella und betrachtete die Jacke von allen Seiten. Als sie den Blutfleck sah, fasste sie sich an die Schläfe. »Ach du liebe Zeit«, murmelte sie. »Ich glaube, ich brauche ein Glas Wasser.« Sie ließ sich auf eine Treppenstufe sinken. »Emma, kommen Sie mal bitte?«
Emma schlüpfte diensteifrig aus der Küche, machte eine kleine Verbeugung vor Bella und fragte: »Sie wünschen, Prinzessin?«
»Ein Glas Wasser bitte, Emma!«
Im Umdrehen fiel Emmas Blick auf die gelbe Jacke und das Lächeln in ihrem Gesicht gefror für einen Moment zu Eis.
Als sie mit dem Glas Wasser zurückkam, bemerkte Marie, dass ihre Hände zitterten und sie sogar ein paar Tropfen verschüttete. Doch Bella war völlig in Gedanken und merkte es nicht einmal. Marie beobachtete Emma, die die drei !!!, Lise und Ida nicht sehen konnte. Die Köchin ging nicht in die Küche zurück, sondern lehnte sich mit geschlossenen Augen in den Türrahmen, um das weitere Gespräch zwischen Bella und Förster Beitel mitzubekommen. War sie nur neugierig? Oder wusste sie, wem die Jacke gehörte?
»Haben Sie die Gegend abgesucht?«, fragte Bella den Förster. »Der Besitzer dieser gelben Trainingsjacke ist doch sicher verletzt!«
»Selbstverständlich!«, antwortete Herr Beitel. »Allerdings konnte ich außer der blutigen Jacke nichts Ungewöhnliches mehr feststellen. Das ist, was mir Sorgen bereitet. Ich werde noch mal den ganzen Wald durchkämmen.«

Maries Gedanken überschlugen sich. Und sie versuchte, sich zu erinnern. Hatte der Geist, den sie vorhin verfolgt hatten, eine gelbe Jacke getragen? Sie konnte es nicht sagen. Und wenn ja, dann war der Geist sicher keiner, denn Geister konnten ja auf keinen Fall bluten. Oder doch?

Plötzlich machte sie sich Sorgen. Natürlich wollte sie den Kettendieb schnappen und ihm gehörig die Meinung sagen. Aber irgendwo mutterseelenallein nach einem Wildschweinangriff blutend herumliegen? Nein, das wünschte sie niemandem. Und möglicherweise kam die Bache ja auch noch einmal zurück …

Ein Schatten schlüpfte am Versteck der Mädchen vorbei und verschwand hinter der Treppe. Emma!

»Sie nimmt den Dienstbotenausgang!«, flüsterte Lise. »Habt ihr bemerkt, wie nervös sie wegen der gelben Jacke wurde? Was hat sie nur vor? Und hoffentlich hat sie vorher den Ofen mit den Pizzabrötchen ausgemacht!«

»Pst, Bella kommt genau auf uns zu«, warnte Ida. Doch zu spät.

»Lise! Ida! Kim, Franzi und Marie! Ich sehe euch. Kommt bitte mit ins Büro. Ich möchte ungestört mit euch reden.«

Wie die begossenen Pudel traten die Mädchen aus dem Versteck, das wohl bei Weitem nicht so gut gewesen war, wie sie zunächst gedacht hatten.

Sie folgten Bella schweigend die Treppe nach oben. Obwohl Marie sich keiner Schuld bewusst war, fühlte sie sich wie eine Angeklagte.

Sie betraten den erstaunlich kleinen Raum, der mit dunklem

Holz getäfelt war und dadurch streng und ungemütlich wirkte. Der dunkelbraune riesige Schreibtisch aus Massivholz, der fast das ganze Zimmer einnahm, verstärkte diesen Eindruck. Bella lehnte sich an die Kante des Schreibtischs und sah eine nach der anderen eindringlich an.

»Wart ihr im Wald?«, fragte sie streng. »Obwohl ich euch ausdrücklich gewarnt habe?«

Alle schüttelten den Kopf.

»Dann wart ihr also nicht dort?«, fragte sie lauernd. Sie warf die Trainingsjacke auf den Schreibtisch. »Wisst ihr, wem die gehören könnte?«

Wieder schüttelten alle den Kopf.

Marie betrachtete die Jacke von allen Seiten. Auf dem eingenähten Etikett stand XL. Außerdem fiel ein Schriftzug auf dem Rücken auf. »FV Moppenheim«, murmelte sie. »Wahrscheinlich gehört diese Jacke einem jungen, großen Mann. Einem Fußball spielenden jungen Mann.«

»Moppenheim?«, fragte Ida. »Das ist doch die nächste Kleinstadt hier in der Nähe.«

Lise nickte. »Der beste und nächste Weg, ein leckeres Eis essen zu gehen, wenn man hier auf dem Schloss zu Besuch ist. Moppenheim ist ungefähr fünf Kilometer von hier entfernt.«

»Also könnte es sein, dass der kettenstehlende Geist aus Moppenheim stammt und wir nun einen Hinweis auf ihn haben«, überlegte Kim.

»Wovon redet ihr eigentlich?« Bella und fuhr sich nervös durch die Haare.

Marie berichtete Tante Bella, was mit ihrer Kette passiert war und dass sie anschließend eine Gestalt verfolgt hatten, die plötzlich durch die Turmmauer verschwunden war.
»Warum habt ihr mir das denn nicht schon früher erzählt?« Bella funkelte die drei !!! an.
Kim wich erschrocken nach hinten. Marie sprang ihrer Freundin zur Seite. »Es tut uns wahnsinnig leid. Aber die Sache mit dem kaputten Eulenbild ist ganz kurz danach passiert. Und da haben wir es einfach vergessen. Wir wollten nichts verschweigen.«
Bellas Gesicht wurde weich und sie winkte ab. »Ich wollte euch gar nicht so anfahren. Entschuldigt. Ich weiß einfach nicht, wie es weitergehen soll. Und jetzt bringt mir Herr Beitel auch noch die blutige Jacke. Nicht auszudenken, wenn jemandem im Schlosswald ernsthaft etwas passiert ist. Gemälde, so wertvoll sie sein mögen, sind Dinge. Aber das hier«, sie faltete die Jacke zusammen, als ob sie sie in einen Kleiderschrank legen wollte, »ist echtes Blut.«
Franzi nahm die Jacke an sich. »Das wird sich alles aufklären. Immerhin haben wir jetzt eine Spur, die wir verfolgen können. Obwohl wir natürlich überhaupt nicht sicher sein können, dass der Besitzer der Jacke etwas mit dem Diebstahl von Maries Kette oder mit der Fälschung der Eule zu tun hat.«
»Haben Sie ein Poster oder ein Foto der Schleiereule für uns?«, fragte Kim. »Falls wir das Original finden, sollten wir es auch erkennen. Ich bin mir nämlich nicht mehr so sicher, ob ich mich an jedes Detail erinnere. Und die gute Fälschung ist völlig zerstört.«

Bella überlegte einen Augenblick. »Ein Poster habe ich nicht, aber in der Werbebroschüre vom Schloss ist es abgebildet. Wartet, ich hole sie euch.« Schnell verließ sie das Büro und blieb mit dem Ärmel am Regal hängen. Eine Mappe rutschte heraus und knallte auf den Boden. Doch Bella hatte die Tür bereits hinter sich geschlossen.
»Das ist echt nicht Tante Bellas Tag«, sagte Franzi, als sie die losen Blätter aufsammelte, um sie wieder in die Mappe zu legen. Dann stutzte sie und setzte sich im Schneidersitz auf den kalten Steinboden. Sie blätterte die Papiere durch. »Interessant«, murmelte sie und zog ihr Handy aus der Tasche. »Die Unterlagen sind von der Versicherung, die die Schleiereule unter Vertrag hat. Die schreiben da etwas von blauen Farbpigmenten und Jahreszahlen und dass sie irgendeine Echtheit nicht zertifizieren können.« Sie begann, das erste Blatt zu fotografieren, doch genau in diesem Augenblick hörte sie Schritte. »Mist«, fluchte sie.
»Was ist?«, fragte Marie.
»Bella kommt zurück«, informierte Franzi die anderen rasch und stopfte den Ordner, so gut es ging, wieder ins Regal.

»Durst!«, stöhnte Kim. »Bevor ich irgendeine weitere Spur entdecke, verfolge oder beurteile, muss ich etwas trinken. So wie sich die Ereignisse hier überschlagen, bleibt einem ja regelrecht die Spucke weg.« Sie stürzte die Treppe hinunter in die Küche.
Emma war noch nicht zurückgekehrt.

Kim schnappte sich ein Glas aus der Vitrine und ließ Wasser aus der Leitung hineinlaufen.
Sie trank es in einem Schluck leer. »Wollt ihr auch?«, fragte sie. Marie nahm sich ebenfalls ein Glas. Neben der Spüle lag ein Tablet auf einem Stapel Papier. In der Nähe von Wasser? Das war aber gefährlich! Sowohl für den Computer als auch für das Papier. Marie packte den Computer und die Unterlagen und legte sie an einen sichereren Ort. Dabei wurde der Bildschirm hell. Sie wunderte sich, dass nicht die gewohnte PIN-Abfrage sichtbar wurde. Stattdessen ein digitaler Terminkalender für die nächste Woche für *Emma Hanf*. Das war nun wiederum überhaupt nicht verwunderlich, schließlich war Emma die Köchin, und das hier war die Küche. Aber deshalb durfte Marie noch lange nicht fremde Terminkalender ansehen. Oder doch? Schließlich hatte Emma sich mehr als seltsam benommen und war nun verschwunden. Da war es schon ganz interessant zu wissen, welche Termine sie in nächster Zeit hatte, beruhigte sie ihr Gewissen.
Marie überflog die kommende Woche. Am Montag hatte Emma einen Termin mit einem Auktionshaus Billicher und am Dienstag- und Donnerstagabend stand Ü.M.F. Das war alles.
Ümf? Was sollte das sein? Das Geräusch, wenn man sich den Bauch so vollgeschlagen hatte, dass man beim besten Willen nichts mehr essen konnte?
»Ich werfe mal zwei Fragen in die Runde«, sagte Marie. »Warum, meint ihr, hat Emma einen Termin mit einem Auktionshaus und was könnte Ü.M.F. bedeuten?«

Kim machte riesige Augen und gab einen leisen Quietschlaut von sich. »Das ist es! Natürlich! Wenn Emma die Original-Schleiereule hat, muss sie sie irgendwie loswerden. Verkaufen.«
»Aber kommt das nicht heraus, wenn das Bild gestohlen ist?«, fragte Lise. »Auktionshäuser sind keine Hehler. Die überprüfen ihre Ware vorher.«
»Lise hat recht«, stimmte Marie ihr zu. »Das wäre zu einfach. Vielleicht will sie das Bild nur schätzen lassen? Und sagt dort, dass sie im Auftrag von Bella und Manuel kommt? Sie ist auf jeden Fall an Malerei interessiert. Als ich vorhin in ihrem Zimmer war, habe ich eine Staffelei mit einem angefangenen Ölbild gesehen. Das wollte ich euch vorhin schon erzählen, aber dann kam Förster Beitel. Sie ist neu hier. Möglicherweise ist und war es ihr einziges Ziel, an die Schleiereule zu kommen.«
»Ich weiß nicht.« Franzi zuckte mit den Schultern. »Sie müsste schon sehr gut malen können, um das Bild zu fälschen.«
»Also das, was ich gesehen habe, war abstrakte Malerei. Kann ich also nicht beurteilen«, sagte Marie.
»Auf der anderen Seite: Als wir sie auf die Serviette angesprochen haben, hat sie definitiv gelogen«, gab Kim zu bedenken. »Und habt ihr ihren Gesichtsausdruck gesehen, als Förster Beitel die blutige gelbe Jacke gebracht hat?«
Ida nickte. »Seitdem ist sie auch verschwunden. Sie weiß vielleicht, wer der Junge ist, dem die Jacke gehört!«
»Das glaube ich auch«, antwortete Franzi bestimmt. »Wir müssen sie finden. Und am besten beginnen wir unsere Suche beim schiefen Turm von Eulenfels.«

»Ich bin dabei!«, sagte Marie. »Genug nachgedacht, jetzt muss ich was tun! Kim?«
»Geht ohne mich. *Ich* muss erst meine Gedanken sortieren«, bat Kim. »Und überlegen, was Ü.M.F. bedeuten könnte. Überlaufende Muffin-Form? Übermorgen Mais-Fladen? Überflüssige Mathe-Frage? Das ist rätselhaft.«
»Im Ernst jetzt?« Franzi sah Kim genervt an. »Jetzt geht es los! Komm! Action!«
Kim runzelte die Stirn. »Ich brauche eine theoretische Grundlage. Nur dann kann ich entscheiden, welcher Schritt als Nächstes sinnvoll ist.«
Marie fühlte sich unwohl. Sie konnte Kim verstehen, aber genau wie Franzi wollte sie nun raus aus dem Schloss und die Spuren verfolgen, die sie hatten. Endlich herausfinden, wo der Eingang des abgesunkenen Turms war, und Emma finden und sie zur Rede stellen.
Gleichzeitig merkte sie jedoch, dass es wenig sinnvoll war, einen Kompromiss vorzuschlagen. Kim war entschlossen und Franzi war es auch. War es sogar gut, wenn sie getrennt voneinander ermittelten? Möglicherweise konnten sie auf diese Weise in kürzerer Zeit mehr Ergebnisse bekommen? Schließlich mussten sie schnell sein. Sie waren ja nur noch bis morgen Mittag vor Ort.
»Lasst uns nicht streiten«, bat Marie. »Ich finde es völlig okay, wenn Kim sich eine kleine Nachdenkpause nimmt. Wir anderen gehen nach draußen und sehen uns um.«
Ohne ein weiteres Wort zu sagen, drehte Kim sich um und ging die Treppe nach oben in ihr Zimmer.

Franzi tat das Gleiche, nur stiefelte sie zur großen Holztür hinaus.
Marie rümpfte die Nase. »Ich weiß nicht, wie ihr das seht, Lise und Ida, aber die Stimmung bei den drei !!! war echt schon mal besser!«

Das Geheimnis im Turm

»Franzi, jetzt warte doch mal!« Marie sauste ihrer Freundin hinterher, Ida und Lise folgten.

»Warum bist du denn plötzlich so mies drauf? Ich erkenne dich gar nicht wieder.«

Aber Franzi dachte gar nicht daran, zu warten. Sie lief mit angespanntem Gesicht den Kiesweg entlang, an den Blumenwiesen vorbei in Richtung See und Schlosswiese.

Nun reichte es Marie. Sie musste wissen, welche Laus Franzi über die Leber gelaufen war. Denn ohne Grund benahm sich Franzi sicherlich nicht so eigenartig.

»Entschuldigt mich kurz«, sagte sie zu Ida und Lise und sprintete los. Bald hatte sie Franzi eingeholt und hielt sie am Oberarm fest. »Was ist los?«, fragte sie freundlich. »Kann ich dir irgendwie helfen?«

Durch Maries Worte löste sich die Anspannung in Franzis Gesicht. Von einem Augenblick auf den anderen sah sie plötzlich traurig und enttäuscht aus. »Meine Wünsche sind allen egal«, sagte sie trotzig. »Das ist los!«

Marie verstand Franzi nicht. »Was meinst du damit?«, fragte sie vorsichtig nach. »Es ist doch nicht so schlimm, dass Kim sich mal zum Nachdenken zurückzieht. Sie braucht die Zeit allein mit ihren Gedanken, einem Zettel und einem Stift. So ist sie nun mal. Deswegen mögen wir sie so gerne.«

Franzi winkte ab. »Ach, Kim war gerade nur der Auslöser. Es geht um Blake!«

»Blake?«, fragte Lise, die zusammen mit Ida zu Franzi und Marie gestoßen war.

»Blake ist mein Freund«, erklärte Franzi. »Schon eine ganze Zeit. Und es läuft auch alles gut. Aber manchmal nimmt er einfach keine Rücksicht auf meine Gefühle. Dabei haben wir schon so oft darüber gesprochen.«

»WCMX?«, fragte Marie verständnisvoll.

Franzi nickte.

»Blake ist ein wahnsinnig guter Wheelchair-Motocross-Fahrer, abgekürzt: WCMX«, erklärte Marie Ida und Lise. »Er war vor Kurzem ein Jahr in Amerika und hat Unterricht bei den besten Lehrerinnen und Lehrern genommen. Er ist superehrgeizig und pest mit seinem Rollstuhl überallhin, wo es möglich und unmöglich ist. Ihr solltet mal die Saltos sehen, die er schlägt!«

»Echt?«, rief Ida begeistert. »Ich habe das mal im Fernsehen gesehen. Das ist einfach mega! Darf ich mal zusehen, wenn Blake trainiert?«

»Das wird er erst mal nicht«, sagte Franzi düster.

Marie sah Franzi erschrocken an. »Aber seine Hand ist wieder geheilt, oder?«

»Ja, er hatte wirklich Glück. Er hat so gut wie keine Einschränkung mehr. Aber das Handgelenk ist eben immer noch empfindlich und er soll es nicht voll belasten. Einfach mal einen Gang runterschalten, so wie der Arzt es empfohlen hat. Und er hat es mir hoch und heilig versprochen ...« Franzi gab einen wütenden Knurrlaut von sich. »Und was macht er? Trainiert gleich wieder so viel, dass die Hand gestützt werden muss, weil sie ihm wehtut. Ich kapier es einfach nicht! Ich habe ihm gesagt, dass ich es toll finde, wie sehr er in seinem Sport aufgeht, und ich dachte, er hat kapiert, dass es auch noch andere Dinge gibt, die genauso wichtig sind, und dass er nichts übers Knie brechen soll und ...«

Marie nahm Franzi in die Arme. »Stopp mal, du bist ja richtig in Rage. Du sprichst beinahe so schnell, wie Blake fährt.«

»Oh, ich kann mir vorstellen, dass es schwierig sein kann, mit einem Hochleistungssportler zusammen zu sein«, sagte Lise. »Bestimmt hat Blake wenig Zeit und auch manchmal Ziele, die man als Außenstehender nicht immer kapiert. Dazu kommt, dass du eine Hochleistungsdetektivin bist.«

Franzi seufzte tief, dann lächelte sie. »Vielleicht habe ich aus Angst um Blake ein wenig überreagiert«, sagte sie. »Auch Kim gegenüber. Ich entschuldige mich später bei ihr, okay?«

»Und jetzt? Lasst uns die Wiese durchkämmen und sehen, ob meine Kette nicht doch irgendwo herumliegt«, schlug Marie vor. »Und falls ihr Emma seht oder einen jungen Mann, dem eine gelbe Jacke mit Blutspuren gehören könnte, sagt ruhig auch Bescheid ...«

Es war mühsam, langsam und gebückt Zentimeter für Zentimeter der Rasenfläche abzusuchen. Nach zehn Minuten tat Marie der Nacken weh und nach zwanzig konnte sie ein Gänseblümchen nicht mehr von einem Löwenzahn unterscheiden.
Nach einer halben Stunde gaben sie auf. Marie setzte sich ans Ufer des Sees und stellte ihre Füße auf den Rand eines der Tretboote.
Ida und Lise gesellten sich zu ihr. Nur Franzi suchte unermüdlich weiter und arbeitete sich Zentimeter für Zentimeter an den Turm heran.
»Ist schön hier, oder, Marie?«, fragte Lise. »Der Park mit der großen Wiese und der angrenzende Wald. Weißt du noch, was wir immer gespielt haben, Ida?«
Ida kicherte. »Na klar! Die Entführung des Waldprinzen. Ich war der Prinz, der sich im Wald versteckt hat, und du warst die Prinzessin, die mich gerettet hat.«
»Stimmt. Und am See haben wir Hochzeit gefeiert.« Lise deutete auf den hölzernen Steg, der in den See ragte. »Tante Bella hat uns mal geschimpft, weil wir eine Seerose für den Hochzeitsstrauß abgeschnitten haben.«
»Das klingt cool. Da wäre ich gerne dabei gewesen! Es ist wirklich superschön hier«, sagte Marie. Sie ließ ihren Blick über den See schweifen. Wo steckte Franzi eigentlich? Hatte sie auf eigene Faust versucht, in den Turm hineinzukommen?
Plötzlich machte sich in Marie ein ganz und gar ungutes Gefühl breit. Sie hätte Franzi nicht alleine dorthin gehen lassen dürfen. Was, wenn ihr nun auch etwas passiert war?

»Lasst uns mal sehen, ob Franzi dort drüben am Turm etwas herausbekommen hat!«, schlug sie deshalb vor.

»Ich warte schon die ganze Zeit auf deinen Startschuss!«, sagte Ida zufrieden. »Los geht's!«

Auf dem Weg zum Turm suchte Marie nicht mehr nach ihrer Kette. Stattdessen versuchte sie, Franzi zu finden. Sie riefen alle drei nach ihr, doch sie bekamen keine Antwort. Die letzten Meter bis zum Turm rannten sie.

»Ich laufe die Außenmauer ab«, sagte Marie.

Vorhin bei dem Gewitter hatte sie nur schlecht sehen können. Nun wurde ihr bewusst sie, wie gefährlich der Ort wirklich war. Dass der Turm vom Rest des Gebäudes abgerissen war, das hatten sie innen vom Flur aus gesehen. Von außen war das Ausmaß des Schadens noch viel dramatischer.

Das Erdreich unter dem Turm hatte nachgegeben und nun stand der Turm windschief und eineinhalb Meter tiefer an das Schloss gelehnt. Von der früheren Eingangstür sah man nur noch den hölzernen Sturz. Das Türblatt stand zwar halb offen, war aber mit Erde und Steinen verschüttet. Auf diesem Weg konnte auf keinen Fall *irgendjemand* in den Turm gelangt sein.

»Kein Wunder, dass Tante Bella verzweifelt ist«, sagte Lise traurig. »Das ist ein Totalschaden.«

Vorsichtig kletterten sie über heruntergefallene Steine und Schutt weiter am Turm entlang.

»Franzi?«, rief Marie noch einmal. »Bist du hier?«

»Ja!« Franzis Kopf wurde plötzlich drei Meter über ihnen sichtbar. Er schien direkt aus der Turmmauer herauszukommen.

»Zum Glück!«, rief Marie erleichtert. »Geht es dir gut? Bist du da oben eingeklemmt?«
Franzi schüttelte den Kopf. »Nein, ich bin durch eine kleine Luke hineingeklettert. Ist nur so breit wie ein Klofenster. Aber keine Panik, das schafft ihr schon. Kommt rauf!«
Marie sah Ida und Lise an. »Ihr zuerst. Dann kann ich euch auffangen, falls ihr runterpurzelt.«
Lise sah Marie empört an: »Wir purzeln nicht runter!«
Marie kicherte. »Weiß ich doch.«
Es war anstrengender, als Marie gedacht hatte. Ida und Lise waren bereits durch das kleine Fenster zu Franzi ins Innere des Turmes geklettert, doch Maries Füße fanden an der rauen Turmmauer keinen richtigen Halt. Und sie hatte noch eineinhalb Meter vor sich!
»Weiter rechts ist ein Vorsprung«, versuchte Franzi sie zu dirigieren.
Marie tastete mit ihrem Bein und tatsächlich: Hier konnte sie sich abstützen und nach oben drücken. Von da an fiel es ihr leicht.
»Gib mir deine Hand«, meinte Franzi. »Gleich hast du es geschafft!«
Marie zwängte sich durch die kleine Öffnung und landete mit den Händen zuerst auf den Stufen einer Wendeltreppe. Ihre Finger fühlten sich eisig kalt an. Sie rieb sie an ihrer Sweatjacke, um sie zu wärmen.
»Hast du das Fenster von unten gesehen, Franzi, oder bist du auf gut Glück einfach losgeklettert?«, fragte Marie.

Franzi zuckte mit den Schultern. »Einfach losgeklettert, wieso?«
»Typisch«, meinte Marie. »Und da beschwerst du dich, dass Blake zu viel riskiert? Ihr seid euch ähnlicher, als ihr denkt! Hast du dich schon umgesehen?«
»Klar«, antwortete Franzi. »Alles wie ausgestorben. Ich konnte bisher nichts Verdächtiges entdecken. Die Treppe endet an einer Tür. Wahrscheinlich führt sie zu einem Turmzimmer. Das sollten wir uns unbedingt gleich ansehen.«
Lise klatschte vor Freude in die Hände. »Das erinnert mich an Rapunzel. Die saß auch in einem Turmzimmer.«
»Stimmt. Ziemlich märchenhaft. Hoffentlich begegnen wir nicht der bösen Hexe, sondern dem Prinzen.« Franzi lächelte. »Aber erst mal brauchen wir Maries Panzerknackerqualitäten. Die Tür ist nämlich, genau wie bei Rapunzel, verschlossen. Hast du dein Dietrichset dabei, Marie?«
»Immer, weißt du doch! Diese alten Schlösser sind normalerweise ein Kinderspiel. Weil sie so groß sind. Man braucht ein Gefühl für den richtigen Winkel und KLACK!« Marie holte das kleine Dietrichset aus ihrer Hüfttasche und stieg die Treppen nach oben. Es roch angenehm nach feuchtem Stein und der frischen Nach-Gewitter-Luft.
Wie erwartet, war die Tür mit einem alten verschnörkelten Metallschloss versehen. Marie nahm eines der Werkzeuge und tastete vorsichtig im Schlüsselloch herum. Jetzt musste sie nur noch drehen und hebeln und ... die Tür sprang auf. »Bitte sehr«, sagte Marie und breitete die Arme aus. »Alle eintreten!«

»Hier wohnt jemand! Ich kann es nicht glauben!«, rief Franzi erstaunt aus und trat in den runden Raum mit Wänden aus unverputzten nackten Steinen. Ein Tisch, eine Matratze, ein Haufen Kleider auf dem Boden. Achtlos hingeworfen. Gegenüber gab es eine weitere Tür, vor die allerhand Gerümpel gestellt worden war. Marie vermutete, dass sie früher zum Schlossflur geführt hatte. Sie starrte auf die Matratze mit der Bettdecke und auf den Tisch, auf dem ein Teller mit einem halben Brötchen stand.

»Und nicht vor hunderten von Jahren, sondern jetzt«, pflichtete Marie ihr bei. Sie ging zum Tisch und roch an dem Brötchen. »Pizza! So wie die, die Emma vorhin gemacht hat. Sie muss sie jemandem, der hier wohnt, vorbeigebracht haben.«

»Und dieser Jemand malt. Mit Ölfarben!« Franzi hielt eine ovale Holzscheibe in der Hand und drehte sie hin und her. »So etwas habe ich schon mal gesehen«, sagte sie. »Darauf kann man die Ölfarben mischen, oder?« Sie tupfte mit dem Zeigefinger auf einen bunten Farbbatzen und hielt ihre nun ebenfalls bunte Fingerkuppe in die Luft. »Oh, die sind noch nicht trocken.«

»Das ist eine Farbpalette«, erklärte Lise. »Ich habe letztes Jahr im Internat einen Malkurs belegt, da haben wir damit gearbeitet.«

An einer der Kisten lehnten Leinwände. Lise hob eine nach der anderen hoch. »Seht euch die vielen tollen Bilder an!«

»Das sind alles Eulen.« Marie staunte. »Und sie sehen aus wie lebendig. Wie die von Dorer, oder?«

»Du meinst, wir sind hier in der Fälscherwerkstatt gelandet?«, fragte Marie.
Franzi nickte.
Marie lief ein Schauer über den Rücken. »Und Emma steckt in der Sache drin!«
»Wir sollten leiser sein, wir wissen nicht, ob der Fälscher gefährlich ist«, sagte Ida.
»Oder nicht nur ein Fälscher, sondern auch ein Dieb ist«, fügte Marie hinzu. Sie begann, Papiere, die am Boden herumlagen, hochzuheben, und lüpfte die Matratze ein paar Zentimeter, um darunterzusehen. Vielleicht hatte der Dieb ihre Kette irgendwo versteckt?
Genau in diesem Moment hörten sie es alle drei: POCH! POCH! POCH!

Geheimes Tagebuch von Kim Jülich
Samstag, 17:05 Uhr

► Finger weg, Augen zu. Alle diese Notizen sind strengstens geheim. Und heute besonders. Denn meine Stimmung ist aggro. So wie die einer Bache, deren Kinder in Gefahr sind. Ich warne euch. Meine Wörter sind meine Kinder!!!! ◄
Auszeit! Zumindest mal für eine halbe Stunde. Weiß selber nicht genau, aber ich glaube, ich hatte gerade eine Art Lagerkoller. Ob das an den zwei Fällen liegt, deren Spuren noch ziemlich undeutlich und verwurstelt sind? Oder an der Tatsache, dass David nicht wie versprochen seinen Teil des Liebes-Fortsetzungsromans geschickt hat? Dabei haben wir doch am Dienstag unsere erste Abgabe. Ob er die Projektzusage bereut?

Möglicherweise fällt es ihm nicht so leicht, die Geschichte aus der Perspektive von Prinz Florian zu erzählen. Aber ich finde unser Konzept genial. Genau die gleiche Szene wird einmal aus der Sicht von Prinzessin Mariola und einmal aus Prinzensicht erzählt. Natürlich haben wir uns vorher auf die Handlung geeinigt. Ich bin gespannt, wie die Koppelszene bei ihm klingen wird.
Ob ich wohl dadurch David besser kennenlerne? Also NOCH besser? (Wir sprechen viel über uns und die ganze Welt, das finde ich ja auch soooo süß an ihm!)
Vielleicht ist ihm diese Zahnpastawerbungssache dazwischengekommen. Kann ja sein, dass das Ganze länger gedauert hat. Wenn die mehrere Anläufe gebraucht haben und David immer wieder die ganze Zahnpasta aus dem Mund spülen musste ... grins ... »von führenden Zahnarztsöhnen empfohlen«, oder was er da sagen musste. Okay, ein bisschen kann ich Ben und Lukas auch verstehen. Ist nicht gerade der coolste Werbeclip, der jemals gedreht wurde. Aber David macht diese Model-Sache wirklich Spaß. Ich werde auf keinen Fall noch einmal so eifersüchtig reagieren wie damals, als er mit der schönen Viola die Foto-Love-Story gemacht hat. Ich war richtig schräg drauf. Dabei brauche ich doch auch dringend meinen Freiraum. Sogar manchmal von Franzi und Marie, wie jetzt gerade. Ich kann einfach besser denken, wenn ich mich sammeln und Fakten und Spuren aufschreiben kann. Dann habe ich meistens einen guten Plan im Kopf. Und wenn keinen Plan, dann zumindest eine Idee, wie es weitergehen könnte.
Eigentlich wissen Franzi und Marie das. Marie war ja auch gar nicht komisch zu mir, Franzi aber dafür umso mehr. Hoffentlich habe ich nachher die Gelegenheit, in Ruhe mit ihr zu sprechen. Möglicherweise ist es nur ein Missverständnis? Ich möchte das auf jeden Fall aus der Welt schaffen.
Lise und Ida sind übrigens sehr nett! Obwohl ich sie vorher gar nicht kannte, ist es so, als ob wir schon ewig befreundet wären!
Jetzt werde ich versuchen, meine wirren Detektivgedanken zu ordnen.

Detektivtagebuch von Kim Jülich

Samstag, 17:23 Uhr

Erst einmal die Fakten, Fakten, Fakten:

1. Maries Kette ist weg und wir haben sie auch nicht wiedergefunden. Ist sie verloren gegangen oder wurde sie gestohlen?

2. Kurze Zeit später haben wir eine Gestalt im Gewitterregen gesehen, die erst ein paar Haken geschlagen hat und dann in dem abgesunkenen Turm verschwunden ist —> Dieb der Kette?

3. Ein Ast, der durchs Fenster geschleudert wurde, hat die Schleiereule von Dorer zerstört. Doch es stellte sich heraus, dass nicht das Original an der Wand hing, sondern eine Fälschung. Wer hätte das Bild austauschen können? Im Prinzip alle Bewohner des Hauses und alle Besucher. Doch normalerweise ist das Bild mit einer Alarmanlage gesichert. Es gab aber in letzter Zeit (nach Aussage von Tante Bella) keinen Alarm. Und sie hat versichert, dass er die ganze Zeit eingeschaltet war. Wir haben heute mit eigenen Augen gesehen, wie sie ihn ausgeschaltet hat, damit wir näher zum Bild gehen konnten.

4. Franzi, Marie und ich haben Lise und Ida nach den Bediensteten und den Bewohnern des Schlosses befragt, aber da hat sich kein Verdacht erhärtet. Fred ist seit einiger Zeit die gute Seele im Haus, zu Emma konnten sie nicht viel sagen. Die Köchin ist sehr jung (um die zwanzig, schätze ich) und arbeitet noch nicht lange auf dem Schloss.

Doch es gibt mehrere Hinweise, dass sie in die Sache verstrickt ist. Nämlich: Sie war definitiv hinter der Absperrung im Flur, denn dort lag ein Stofftaschentuch aus der Schlossküche. Sie wollte sich herausreden, dass der Sturm es dorthin geweht hat, aber dann wäre es höchstens in die andere Richtung geflogen und außerdem war die Serviette nur auf der Unterseite nass. Sie kann also erst nach dem Gewitter dort gelandet sein. Und Marie hat gesehen, dass Emma eine Staffelei im Zimmer hat. Sie

kann also malen! Mit Ölfarben! Das allein würde sie bereits zur Hauptverdächtigen Nummer eins machen.
Aber es kommt noch mehr: In der Küche lag Emmas Tablet. Und dort war der Terminkalender frei zugänglich. Sie hat am Montag einen Termin in einem Auktionshaus. Und nicht in irgendeinem, sondern im renommierten Auktionshaus Billicher. (Dass das eine gute Adresse ist, wusste Lise, nicht wir ...) Was will sie da? Die Schleiereule verkaufen? Schätzen lassen?
Lise meinte, es ist nicht so einfach, ein so wertvolles Gemälde zu verkaufen. Ich halte trotzdem fest: Der Termin ist äußerst merkwürdig!
5. Franzi hat vorhin noch eine Entdeckung gemacht. Als Tante Bella etwas holen wollte, ist ein Aktenordner von einer Versicherung auf den Boden geknallt. Sie konnte es nicht richtig erkennen, doch es ging wohl darum, dass die Versicherung irgendeine Unstimmigkeit entdeckt hat. Leider konnten wir das nicht genauer überprüfen, weil Bella zu früh zurückgekommen ist. Und jetzt ist die Bürotür wieder verschlossen.
6. Tante Bella wirkt sehr verzweifelt, vor allem weil noch etwas Schlimmes passiert ist: Jemand war im Schlosswald und wurde wahrscheinlich von einer aggressiven Bache angegriffen. Förster Beitel brachte eine blutige gelbe Trainingsjacke. Mit dem Logo eines Sportvereins auf den Rücken: FV Moppenheim. Von der Größe her müsste sie einem Jugendlichen oder einem Mann gehören. Möglicherweise ist die Person die gleiche, die wir im Gewitter verfolgt haben?
Hm, mir kommt gerade ein Gedanke: Wie wäre es, wenn ich mir diesen Sportverein im Netz einmal näher ansehe? Kleinen Moment, ich bin sofort wieder da! ...
BINGO! Die Fußballmannschaft von Moppenheim bringt Entwirrnis in das Megaknäuel. Sie haben dort einen sehr erfolgreichen Stürmer namens Leo Hanf! So heißt Emma mit Nachnamen. Nun wäre die Verbindung bewiesen. Und auch klar, warum sie so panisch wurde, als sie die blutige gelbe Jacke gesehen hat! Der Verletzte und Emma sind verwandt!

Und noch was habe ich über diesen Leo Hanf gelesen. Er wohnt in einem Kinderheim und hat vor Kurzem einen Preis bei einer Kunstausstellung gewonnen. Für die realistischste Darstellung einer Eule ...

POCH! POCH! POCH!

Da ist es wieder! Das komische Geräusch, das wir vorhin gehört haben. Ich muss Schluss machen und nachsehen, was da vor sich geht!

Maggikraut riechen heißt: Gefahr

»Das ist hinter der verstellten Tür!«, wisperte Marie atemlos. »Geht es da doch weiter?«

»Verstecken wir uns oder sehen wir nach?«, fragte Lise mit weit aufgerissenen Augen.

»Wir sehen nach«, flüsterte Franzi.«

Sie schlichen zur Tür und begutachteten die schweren Kartons und Holzkisten.

»Die kann man nicht heben«, sagte Marie. »Wir müssen sie ziehen.« Sie nahm beide Hände und schob eine der Holzkisten über den Steinboden. KRRRRRRCHHHH!

Franzi legte den Zeigefinger über die Lippen, doch Marie zuckte mit den Schultern. »Geht nicht anders!«

»Lass dir doch helfen!« Franzi packte den Griff eines Kartons und Ida den zweiten. Gemeinsam hatten sie dir Tür bald freigeräumt.

POCH! POCH! POCH! Da war es wieder.

»Leo?«, fragte eine helle Stimme. Sie war kaum zu hören. »Wo bist du? Mach auf!«

»Da ist jemand auf der anderen Seite!« Franzi, Ida und Lise duckten sich hinter den Kistenhaufen, nur Marie stand wie angewurzelt da und konnte sich nicht rühren. Jeden Moment konnte die Tür aufgehen, und wenn ihre Beine nicht sofort das taten, was Marie ihnen befahl, würde sie das Erste sein, was die Person auf der anderen Seite sah. Sie blickte sich panisch um. Aber die Beine verweigerten ihr einfach den Dienst.

»Leo? Mach bitte auf! Ich höre doch, dass du da bist. Bist du verletzt? Ich mache mir Sorgen. Soll ich einen Arzt rufen? Du warst im Wald, oder? Förster Beitel war im Schloss und hatte deine Jacke dabei. Blutgetränkt.«

Marie hörte heftiges Schluchzen und dann ein kräftiges Naseputzen. Irgendwoher kannte sie die Stimme. Aber sie war so leise. War das Bellas? Nein, Emmas!

Franzi hatte die Köchin auch erkannt. Sie wisperte: »Wir haben Emma nicht zu Unrecht verdächtigt! Die Serviette lag genau an der Stelle, wo sie jetzt ist!«

Emma hörte auf zu schluchzen. Mehr zu sich selber sagte sie: »Vielleicht habe ich mich getauscht. Ich dachte, ich höre etwas bei dir. Ich werde jetzt gucken, ob die Mädchen etwas brauchen, und dann gehe ich dich suchen. Im Wald!«

Sie hörten sich entfernende Schritte und dann war alles ruhig. Und plötzlich kam wieder Leben in Marie. Sie schüttelte Arme und Beine aus. »Das war unheimlich«, sagte sie. »Ich war vor Schreck wie festgefroren.«

»Geht es denn wieder?«, fragte Franzi und drückte fest Maries Hand.

»Immerhin wissen wir, dass der Bewohner Leo heißt«, sagte Lise.
»Leo Hanf!« Das kam von der anderen Seite der Tür. Und zwar von Kim.
Marie riss die Tür auf. »Kim!«, rief sie erfreut. »Was machst du hier?« Sie wollte auf sie zustürmen, doch Franzi hielt sie zurück.
»Der Spalt«, warnte sie.
»Ich habe das Pochen und Klopfen im Flur gehört«, erklärte Kim. »Emma hat mich nicht gesehen und ich konnte sie belauschen.«
»Wir haben sie von hier gehört«, erzählte Lise. »Sie steckt ganz tief drin in dieser Fälschersache. Wir haben Beweise gefunden.«
Kim schmunzelte. »Ich auch. Aber ihr dürft zuerst!«
Franzi zeigte Kim die Malerpalette. »Ich denke, wir haben die Fälscherwerkstatt gefunden. Hier stehen eine Menge echt cooler Ölschinken herum. Dieser Leo war absolut in der Lage, das Bild zu kopieren! Und Emma scheint ihn versorgt zu haben. Sie steckt mit ihm unter einer Decke.«
»Nicht nur das«, fügte Kim hinzu. »Sie ist mit ihm verwandt. Zumindest haben sie denselben Nachnamen. Vielleicht ist er ihr kleiner Bruder.«
»Was?«, fragte Lise erstaunt. »Dann ... sind diese Bilder von einem Kind gemalt worden?«
»Leo ist siebzehn«, antwortete Kim und kniete sich vor den Spalt. »Ich habe ein wenig Internetrecherche betrieben. Leo

Hanf ist in Moppenheim kein Unbekannter. Er ist ein ziemlich erfolgreicher Stürmer im Fußballverein, daher auch die gelbe Trainingsjacke. Und er wohnt in einem Kinderheim. Dort hat er einen renommierten Preis für seine Bilder bekommen.«

»Dann haben wir den Fall gelöst?«, fragte Ida. »Geht das bei euch immer so schnell?«

»Nein«, antwortete Marie. »Liegt wahrscheinlich an eurer tatkräftigen Unterstützung. Ich bin selbst ganz beeindruckt!«

»Allerdings brauchen wir zum endgültigen Abschluss des Falls auch noch ein Geständnis. Wir müssen Leo und Emma finden und zur Rede stellen!«, sagte Kim zufrieden.

Marie lächelte. Sie war stolz auf die drei !!! und auf Lise und Ida. Sie hatten wirklich gut zusammengearbeitet. »Wie wäre es mit einem ganz speziellen Powerspruch?«, fragte sie. »Wir brauchen diesmal keinen neuen Mut. Wir sollten aber feiern, dass wir besonnen, klug und mutig waren, oder was meint ihr?«

»Einverstanden«, sagte Kim. »Das muss aber dann wirklich anders laufen als sonst, schließlich kann ich meinen Arm nicht über den Spalt werfen.«

»Wenn es Luftküsse gibt, dann wird es doch auch Luftpowersprüche geben können. Also ich bin dabei!« Franzi war begeistert. »Und Ida und Lise nehmen wir auch mit! Macht mir einfach alles nach, ja?«

Kim streckte die Hand über den Spalt und rief: »Die drei !!!. Eins!«

Marie war die Nächste. Auch sie streckte den Arm nach vorne. »Zwei!«

»Und jetzt wir.« Franzi zwinkerte Lise und Ida zu. Alle drei streckten die Arme aus. »Drei«, sagte Franzi.
»Drei A!«, fiel Lise ein.
»Drei B!«, kicherte Ida.
Sie warfen die Arme gleichzeitig nach oben. »Power!!!«, schrien sie laut.

Franzi wollte auf keinen Fall ein zweites Mal an diesem Tag in den Spalt fallen, deswegen nahmen die vier den Kletterweg über die Turmmauer zurück in den Garten. Kim versprach, vor dem Turm auf sie zu warten.
Marie zwängte sich als Letzte durch das enge Fenster. Und diesmal ging alles viel leichter als beim Aufstieg. Ihre Füße fanden in der unebenen Oberfläche der Turmaußenseite Halt. Den letzten Meter sprang sie nach unten und landete genau neben Kim.
»Schön, dass wir wieder zusammen sind!«, sagte Kim. »Franzi, bist du mir noch böse, dass ich vorhin mein eigenes Ding gemacht habe? Entschuldige, ich wollte dich nicht verletzen. Es ging nicht gegen dich.«
Franzi grinste und winkte ab. »Quatsch. Ich war nie böse auf dich. Ich verstehe es doch, wenn man mal kurz alleine sein will. Ich habe mich über Blake geärgert und meinen Ärger an dir ausgelassen. Ich bin also diejenige, die sich entschuldigen muss!«
»Sehr schön, ihr beiden«, meinte Marie. »Aber jetzt ist Schluss mit der Gefühlsduselei und den Entschuldigungen. Schließlich haben wir zwei Verbrecher zu überführen, schon vergessen?«

UAAAAAH, AHHHHHH, tönte ein lang gezogener, schriller und gleichzeitig knarrender Klagelaut über den See.
Marie fuhr zusammen. Das klang gespenstisch. Nicht menschlich. Unheimlich!
»Was war das?«, grübelte Kim. »Die Bache?«
Franzi schüttelte den Kopf. »Nein, Wildschweine können sehr laut sein, aber das war viel zu hoch! Haben wir das nicht vorhin auch schon gehört? Als wir den vermeintlichen Geist gefolgt sind?«
»Du meinst, unser Geist ist vielleicht doch nicht Leo, sondern etwas ganz anderes«, sagte Kim. »Allerdings würde ich gerne bei dem Nicht-Übersinnlichen bleiben, auch wenn das Geräusch schrecklich klingt. Wir müssen uns konzentrieren und gut überlegen, was wir jetzt tun. Einfach auf gut Glück in den Wald rasen und der gefährlichen Bache und diesem Schreihals, wer immer das ist, zu begegnen, halte ich für zu riskant. Also: In der Küche war Emma gerade nicht; sie ist also noch unterwegs, um Leo zu suchen. Emma sagte vorhin zwar, dass sie Leo im Wald suchen wird, aber ich glaube nicht, dass sie noch dort sind. Die Bache ist viel zu gefährlich und das weiß Emma.«
»Ich hätte euch auch nicht erlaubt, in den Wald zu gehen«, sagte Franzi. »Herr Beitel hat vollkommen recht. Mit einer Bache, die gerade Junge bekommen hat, ist nicht zu spaßen. Und offensichtlich haben wir es hier mit einem besonders aggressiven Exemplar zu tun. Da nützen auch die normalen Vorsichtsmaßnahmen nichts mehr. Maggikraut und so ...«

Alle sahen Franzi an, als hätte sie gerade einen seltenen chinesischen Dialekt gesprochen.
Franzi legte den Kopf schief und kicherte. »Noch nie davon gehört? Der Geruch von Wildschweinen erinnert an Liebstöckel. So weiß man, dass man vorsichtig sein muss und möglichst dorthin gehen sollte, wo man den Geruch nicht mehr wahrnimmt.«
Lise nickte. »Du hast recht. Besonders deutlich ist es bei Wildschweingehegen. Ich habe den Geruch gerade fast in meiner Nase, aber nie genauer darüber nachgedacht. Maggikraut! Das ist es!«
»Also ich weiß nicht ... und Geruch würde ich es schon mal gar nicht nennen – eher Gestank!«, sagte Marie.
»Wie auch immer.« Kim zuckte mit den Schultern. »Wenn Franzi sagt, es ist zu gefährlich im Wald, dann sollten wir auf sie hören. In Sachen Tiere vertraue ich ihr hundertprozentig. Wir müssen von den Tätern aus denken. Wo könnten sie sein?«
»Leo ist vermutlich am Arm verletzt und nicht am Bein. Er wird so schnell wie möglich nach dem Angriff aus dem Wald geflohen sein. Nur in den Turm zurück konnte er nicht, denn dazu braucht man zwei gesunde Arme«, überlegte Marie.
Franzi sah Lise und Ida an. »Gibt es auf dem Schlossgelände Orte, an denen man sich gut verstecken kann?«
Lise runzelte die Stirn. »Was meinst du, Ida? Der Stall ist nah, aber der ist natürlich vom Schloss aus sehr gut einsehbar. Wenn ich mich verstecken müsste, wäre das nicht meine erste Wahl.«
»Nein, ich denke auch nicht, dass er im Stall ist. Fred ist häufig

bei den Pferden und der Stallbursche auch. Die Gefahr, aufzufliegen, ist riesig. Aber erinnerst du dich an die kleine Hütte am Waldrand? Wo wir früher immer Seppl, Kasperl und Räuber Hotzenplotz gespielt haben?«
»Ida, du bist genial! Die Hütte ist perfekt für jemanden, der nicht gesehen werden will, aber ein sicheres Plätzchen sucht.«
»Und vom Wald aus auch der nächste Unterschlupf, richtig?«
Kim sah Ida und Lise zufrieden an. »Wenn ihr recht habt, werdet ihr beiden Ehrenausrufezeichen auf Lebenszeit!«
»Cool«, rief Lise und stiefelte los. »Hier entlang.«

Marie sah an sich herunter und dann seufzend auf ihre Glitzersneaker. Die Kletterpartie hoch zum Turm hatte sie bereits ein paar Pailletten gekostet, da kam es auf die Waldrandtour nun auch nicht mehr an. Nun gut. Sie war es gewohnt, dass die Detektivarbeit häufig nicht mit ihrer Vorliebe für die neuesten Mode-Trend-Teile zusammenpasste. Opfer mussten gebracht werden. Und ihr Opfer war nun mal eben nicht, in T-Shirt, Jeans und Räuberturnschuhen herumzulaufen wie Kim und Franzi. Nein, sie opferte lieber die ein oder andere Paillette, Niete oder Dekoblüte.
Sie liefen im Gänsemarsch am Waldsaum entlang. Der Boden war vom Regen weich und matschig, und Marie spürte, wie erst ihre Socken nass wurden und nach und nach die Unterschenkel ihrer Leggins von matschbraunen Spritzern übersät waren. Alle schwiegen, denn sie wollten sich auf keinen Fall verraten. Marie war unbehaglich zumute. Immer wieder schrillte

das merkwürdige Kreischen durch den Wald. Sie musste auf den Weg schauen, um nicht auszurutschen, aber gleichzeitig achtete sie auf jede Bewegung und jedes Rascheln. Zum Glück war der Wald hier am Rand eher licht und durchlässig, sodass man ein gutes Stück hineinsehen konnte. Sehr beruhigend, wenn man wusste, dass eine wilde Bache darin ihr Unwesen trieb.

Marie zuckte zusammen. Nur zwei Zentimeter neben ihr sauste ein Eichhörnchen einen Baumstamm nach oben. Puh, also ehrlich. Nun erschrak sie schon vor niedlichen kleinen Eichhörnchen? Alle anderen hatten nicht einmal mit der Wimper gezuckt. Reiß dich zusammen, ermahnte Marie sich selbst. Die Sonne scheint warm, das Gras riecht nach Erde und Regen, kein bisschen Maggi liegt in der Luft. Der Wald ist wunderschön grün, die Vögel singen und die Insekten brummen und surren. Da drüben fliegt ein Schmetterling!

Einfach herrlich!

RUMMS! Ganz in der Nähe krachte ein loser Ast auf den Waldboden.

»Das reicht mit jetzt aber für heute mit den herabfallenden Ästen«, sagte Kim düster. »Scheint mir so, als wäre die Gefahr hier auf Eulenfels beinahe größer als die Wildschweingefahr.«

»Habt ihr nichts gehört?«, fragte Marie. »Da hat doch jemand um Hilfe geschrien.«

Die anderen schüttelten den Kopf.

»Also, das nützt jetzt alles nichts«, meinte Marie bestimmt. »Ich muss nachsehen, was da passiert ist.«

»Marie, bleib da!«, rief Kim. »Der Sturm hat hier sehr gewütet. Es kann jederzeit passieren, dass wieder ein Ast herunterkracht.«

»Pst«, machte Franzi und verbarg sich hinter einem Busch. »Versteckt euch, die Stimmen werden lauter.«

Buntspecht und Vogelkacker

Langsam, unendlich langsam wurden die Stimmen deutlicher. Eine hohe und eine etwas tiefere.

Dazu ein schleifendes Geräusch, wie etwas Schweres, das über den Boden gezogen wird.

»Das war einfach so dumm!«, hörten sie die hohe Stimme sagen. »Wegen dieser Vogelkacke hier hast du dein Leben aufs Spiel gesetzt. Weißt du eigentlich, was ich für dich riskiere?«

»Es tut mir leid«, murmelte die tiefere Stimme.

»Das sind Emma und Leo«, flüsterte Kim. »Bleibt, wo ihr seid. Vielleicht bekommen wir das Geständnis ganz nebenbei serviert.«

»Das Gewitter war so heftig. Und die Kleinen haben so geschrien. Das klingt richtig gruselig. Ich wollte, nein, ich musste einfach nach ihnen sehen. Wenn ihnen etwas passiert wäre ...«, sagte Leo.

»Ja, und dabei ist *dir* etwas passiert!« Emma klang sehr ärgerlich. »Das hier ist meine erste richtige Stelle. Hier kann ich etwas Geld verdienen. Geld, das du auch brauchst. Ich muss mich darauf verlassen können, dass du nicht entdeckt wirst. Ich mache hier etwas Verbotenes – wegen dir! Wegen unserer gemeinsamen Zukunft. Und weil ich verstehe, warum du wegmusstest. Aber ich darf meinen Job hier nicht verlieren, hörst du?«

Nun begann Leo zu weinen.

Sie waren jetzt so nah, dass Kim, Franzi, Marie, Ida und Lise die beiden sehen konnten.

»Ich weiß das doch. Und ich hasse es, dass du meinetwegen betrügen und stehlen musst. Ich schwöre, ich mache keine unüberlegten Sachen mehr.«

Leo war kleiner, als Marie ihn sich vorgestellt hatte. Die gelbe Jacke war also eher oversized. Er hatte rötliches, strubbeliges Haar, das an manchen Stellen verklebt und ziemlich bunt war. Ölfarbe, schätzte Marie. Er trug eine weite Hose mit vielen Taschen und Schlaufen und schwarze Stiefel mit neonfarbenen Schnürsenkeln.

»Wo soll ich dich denn jetzt unterbringen?« Emma wirkte total verzweifelt. »Mit den Verletzungen kannst du nicht zurück ins Turmversteck klettern.«

Kim trat hinter den Busch vor. »Das ist auch nicht mehr nötig. Ihr seid überführt!«, sagte sie kühl.

Leo und Emma erschraken so sehr, dass sie kreidebleich dastanden und Kim anstarrten.

Leo fand als Erster seine Sprache wieder. »Mist«, zischte er und humpelte weiter. Dabei zog er Emma am Ärmel.

Nach und nach stellten sich Marie, Franzi, Lise und Ida mit verschränkten Armen neben Kim.

»Das ist nicht euer Ernst! Ihr denkt, ihr könnt davonlaufen? Mit einem verletzten Fuß?«, rief Lise.
»Wo kommt ihr denn plötzlich alle her?«, fragte Emma verstört.
»Wer seid ihr überhaupt?«, wollte Leo wissen. »Und was meint ihr mit *überführt*? Lasst uns in Ruhe.«
Marie stellte alle vor und sagte schließlich: »Wir haben Beweise, dass du als ungebetener Gast im Turmzimmer wohnst und dass du zusammen mit deiner Schwester Emma das wertvolle Bild von Dorer gestohlen und eine täuschend echt wirkende Fälschung erstellt und an die Stelle des Originals gehängt hast.«
Leo schüttelte den Kopf. »Das stimmt gar nicht. Ich habe schon ewig nicht mehr gemalt. Emma, sag doch auch mal etwas dazu!«
»Ich weiß tatsächlich nicht, wovon ihr redet.« Emma sah Marie zornig an.
Marie zog die Karte vom Auktionshaus aus der Tasche und wedelte damit herum. »Auktionshaus Billicher. Ein Termin am Montag. Sagt euch das etwas?«
»Wo hast du das her?« Emma stürmte auf Marie zu und riss ihr die Karte aus der Hand. »Ihr wisst überhaupt nichts. Nichts!« Sie schlug die Hände vors Gesicht und schluchzte nun auch.
Plötzlich war sich Marie ihrer Sache nicht mehr so sicher. Aber alle Beweise, von den Ölgemälden über den Terminkalender bis hin zu den bunten Flecken in Leos Haaren, sprachen doch eine recht deutliche Sprache. Oder?
Sie überlegte fieberhaft, wie es nun weitergehen konnte.

Aber Franzi kam ihr zuvor. »Vielleicht sollten wir alle zu dieser Hütte gehen und in Ruhe reden. Leo kann dort sein Bein ausruhen. Und wir wären wirklich sicher vor der Bache, die dich angegriffen hat!«
»Bache?«, fragte Leo verwundert. »Mich hat keine Bache angegriffen.«
Marie sah Leo misstrauisch an. Und das sollten sie ihm glauben? Sie musste zugeben, dass sie tatsächlich verwirrt war.
»Diese Aussprache wird spannender, als ich dachte«, sagte Lise. »Mir nach. Die Hütte ist nicht mehr weit!«

Die kleine Hütte lag versteckt hinter einer leichten Biegung und war überhaupt nicht so klein. Eher ein komfortabel eingerichtetes Mini-Ferienhaus, dachte Marie, als sie sich auf die gepolsterte Eckbank setzte. Gemütlicher als das Turmzimmer war sie allemal – ganz aus hellem Holz gebaut mit einem Kachelofen in der Ecke. Der Boden war mit bunten Flickenteppichen ausgekleidet und an den Fenstern hingen geblümte Vorhänge. Marie bekam sofort Lust auf Pfannkuchensuppe oder Germknödel. Wie auf einer Hütte in den Bergen.
Emma schien sich auch wohlzufühlen und das Gleiche zu denken. »Nicht schlecht«, sagte sie. »Hier wärst du sicherer gewesen, Leo. Ich hätte nur einen viel weiteren Weg zu dir gehabt.«
Leo legte sein Bein hoch und Lise holte einen Verbandskasten aus dem Schrank. »Auch Verbrecher haben ein Recht auf Erste Hilfe«, sagte sie und wusch und verarztete die Wunde am Bein.
Franzi guckte ihr über die Schulter. »Sieht wirklich nicht nach

dem Stoß oder dem Biss einer Bache aus«, stellte sie fest. »Eher wie ein Schnitt und eine fiese Schürfwunde!«
»Klar«, sagte Leo. »Ich bin ja auch vom Baum gekracht. Was habt ihr nur immer mit eurer Bache!«
»Erinnerst du dich nicht?« Emma runzelte wütend die Stirn. »Ich habe dir schon vor einer Woche gesagt, dass du nicht in den Wald sollst. Eben wegen der Wildschweine. Und du bist trotzdem zu deinen Eulen gegangen. Allein dafür sollte ich dich zurück ins Kinderheim bringen.«
Kim hob die Hand. »Wenn ich um etwas bitten dürfte: Ich verstehe hier nur Bruchstücke, aber die kann ich nicht zu einem sinnvollen Ganzen zusammensetzen. Leo, kannst du uns erklären, warum du hier bist und warum du verletzt bist und warum du behauptest, *kein* Kunstfälscher zu sein?«
Leo zog das Ende seines Verbandes enger und klebte ein Pflaster zur Befestigung darauf. Dann blickte er zu seiner Schwester, wie um sich die Erlaubnis zu holen, alles erklären zu dürfen. Sie nickte ihm aufmunternd zu.
»Emma und ich sind Waisen«, fing er an. »Unsere Eltern sind bei einem Zugunglück gestorben, da war ich elf und Emma zwölf. Wir sind aus Südafrika wegen des Jobs unserer Mutter hergezogen und hatten hier in Deutschland keine Verwandten. Deswegen wohnten wir dann im Kinderhaus Moppenheim. Zusammen, bis Emma 18 wurde. Sie hat versprochen, mich zu sich zu holen, aber dafür muss sie nachweisen, dass sie für mich sorgen kann. Die Stelle hier kam wie gerufen, denn sie verdient gut und es ist nicht weit bis nach Moppenheim.«

»Ich dachte, die Zeit, bis du selbst volljährig bist, bekommen wir so prima hin. Da habe ich mich wohl getäuscht.« Emma sah traurig zu Boden.
»Was ist passiert?«, fragte Franzi mitfühlend.
»Ich interessiere mich für Malerei und male Ölgemälde. Von Eulen. Ich habe rote Haare und eine Stupsnase. Was mich weniger interessiert sind Autos und dicke Muskeln an den Armen. Was denkst du, wie viele Coolnesspunkte ich damit auf einer Skala von eins bis zehn bei den anderen Jungs im Heim erreiche?«
»Zwei?«, riet Marie.
»Minus zehn«, antwortete Leo düster. »Die Lieblingsbeschäftigung der anderen war Leoärgern. Ihr ahnt nicht, wie viele Spinnen, tote Mäuse und Würmer ich schon in meinem Bett gefunden habe. Ganz zu schweigen von dem ständigen Geknuffe und Gerangel und den Hänseleien. Weil meine Haare immer voll mit Farbflecken waren, haben sie mich *Buntspecht* und *Vogelkacker* genannt. Und das waren noch die harmloseren Spitznamen, glaubt mir.«
»Und die Lehrer und Erzieher?«, fragte Kim. »Haben die dir nicht geholfen?«
»Doch schon. Die haben mich mit der Malerei unterstützt und mir sogar Stipendien verschafft. Und ich habe Preise gewonnen. Aber das hat es bei den anderen Kindern nur schlimmer gemacht. Nun war ich auch noch der Lehrerliebling. Seit Emma ausgezogen ist, habe ich es von Tag zu Tag weniger ausgehalten.«

»Als Leo mir erzählt hat, wie ihn die anderen quälen, habe ich eine Entscheidung gefällt und dem Kinderheim gesagt, dass ich Leo zu mir nehme. Ich habe ihnen gezeigt, was ich verdiene, und behauptet, dass ich eine eigene Wohnung habe ... an diesem Punkt habe ich ein wenig geschummelt«, erzählte Emma weiter. »Ich wusste auch schon, was ich mit Leo mache, denn bei einem meiner Erkundungsspaziergänge durch das Schloss hatte ich das Turmzimmer entdeckt. Und den Zugang vom Flur aus. Zwar konnte ich nicht immer über den Spalt springen, aber mit einem Korb und einem Seilsystem konnte ich Leo ziemlich einfach versorgen. Ich habe ihm gegeben, was übrig war. Die Herrschaften haben das nicht gemerkt.«

»Diebstahl ist es trotzdem«, sagte Kim, aber ihre Stimme klang dabei freundlich. »Warum hast du Bella und Manuel denn nicht gefragt, ob Leo auf dem Schloss wohnen darf?«

»Das habe ich mich nicht getraut. Ich hatte meine Stellung erst so kurz. Ich konnte einfach nicht einschätzen, wie die beiden so drauf sind. Ich konnte und wollte nichts riskieren.«

»Also so ganz unriskant war die Sache ja nicht«, bemerkte Franzi spöttisch.

»Ihr habt recht«, meinte Emma. »Der ehrliche Weg wäre sicher besser gewesen. Dann hätte Leo auch ganz offiziell die Eulenkästen betreuen können.«

Marie rutschte unruhig auf der Bank hin und her. »Dass du Leo hier eingeschleust und mitversorgt hast, ist die eine Sache. Aber die andere ist die mit der Fälscherei. Das ist keine kleine Gaunerei, sondern ein richtiges Verbrechen. Und ihr habt im-

mer noch nicht gesagt, was es mit dem Termin im Auktionshaus auf sich hat. Wollt ihr die Schleiereule dort verkaufen?«
»Quatsch«, fiel Leo Marie ins Wort. »Nein, Emma hat mir ein Vorstellungsgespräch für eine Praktikumsstelle besorgt. Deswegen gehen wir am Montag zu den Billichers. Wirklich. Ich schwöre bei meinen Lieblingsfarben und bei meinem Lieblingsmaler: Dorer. Es ist schrecklich genug, dass das unglaubliche Gemälde verschwunden ist. Emma hat mir gerade davon erzählt. Eine Fälschung! Im Schloss! Ich kann das immer noch nicht glauben.«
»Aber wie kannst du *nicht* der Fälscher gewesen sein?«, fragte Franzi. »Du hast uns vorhin angelogen. Natürlich hast du im Turmzimmer gemalt. Die Ölfarben waren noch nicht trocken. Und die ganzen Eulen- und Vogelbilder. Es ist deine Leidenschaft.«
Leo warf Emma einen gequälten Blick zu. »Ich muss es sagen.«
»Das würde ich dir auf jeden Fall raten«, sagte Marie.
»Ohne die Malerei kann ich nicht leben. Die Eulenbilder sind von mir. Und Dorer? Der ist mein großes Vorbild. So malen zu können wie der Meister? Das wäre ein Traum! Ich wusste natürlich, dass das Original der Schleiereule auf Eulenfels hängt. Und als Emma die Anstellung bekommen hat, hatte ich gehofft, das Original mal ganz in Ruhe betrachten zu können. Ohne mit den anderen Besuchern schnell vorbeigeschleust zu werden. Emma hat mich auch einmal nachts in die Bibliothek gelassen. Um ehrlich zu sein: Ich habe nicht bemerkt, dass dort eine Fälschung hängt. Ich war vollkommen hin und weg.«

»Es war dunkel«, räumte Emma ein. Unruhig sah sie auf ihre Armbanduhr und wandte sich an die drei !!!. »Können wir die Befragungen jetzt beenden? Ich muss zurück ins Schloss. Die Prinzessin wird sich sicher schon wundern, wo ich so lange bleibe. Das, was ich getan habe, war nicht in Ordnung, aber mit der Fälschung und dem Bilderdiebstahl haben wir nichts zu tun!« Emma strich sich die Schürze glatt und verabschiedete sich von Leo. Dann lief sie Richtung Schloss zurück.
Leo sah ihr traurig nach. Marie hatte Mitleid mit ihm und Emma, sie wusste, wie es war, *einen* Elternteil zu verlieren, aber beide auf einmal! Die absolute Horrorvorstellung! Automatisch griff sie sich an den Hals, um den Herzanhänger der Kette zu fassen. Ein fieser Schmerz zuckte durch sie hindurch. Oh, wie sie die Kette vermisste. Danach hatte sie Leo gar nicht gefragt.
»Eine Sache würde mich brennend interessieren«, sagte sie ziemlich scharf zu Leo. »Warst du es, der im Gewitter draußen umhergeschlichen ist? Und hast du meine Herz-Kette genommen, die auf dem Tisch lag? Die Kette bedeutet mir viel. Sie ist mein Glücksbringer, den ich von meiner verstorbenen Mutter bekommen habe.«
Leo sah erschrocken zu Marie. »Das ist ja schrecklich. Nein, ich schwöre. Ich habe total Angst vor Gewitter. Ich war im Turm und habe mich nicht herausgewagt. Hoffentlich findest du deine Kette wieder!«
Das hoffte Marie auch. Und gleichzeitig hatte sie das Gefühl, dass Leo mehr wusste.

Tropfen auf den kalten Stein

»Was meint ihr? Sagen Leo und Emma die Wahrheit?«, fragte Kim, als sie am Waldrand zurück zum Schloss gingen. Die Sonne knallte genauso kräftig wie heute Morgen vom Himmel und der Matsch hatte sich in der letzten halben Stunde mindestens halbiert. Selbst Marie konnte ihre Schuhe nun einigermaßen schonen und Spritzer gab es gar keine mehr. Und auch keine lang gezogenen, klagenden Schreie.

»Ich bin mir nicht sicher«, antwortete Marie. »Immer wenn Leo nervös war oder nicht genau wusste, was er sagen sollte, hat er seine Stupsnase krausgezogen. Und Emma hat Leo über einige Zeit im Schloss versteckt und niemand hat Verdacht geschöpft. Sie ist zumindest eine talentierte Geheimhalterin.«

»Du hast recht, Marie. Das mit der Stupsnase habe ich auch bemerkt.« Lise lachte. »Das war richtig niedlich. Und die bunten Haare auch!«

»Nehmen wir einmal an, die beiden sagen die Wahrheit«, fuhr Franzi fort. »Dann brechen uns mit einem Mal die beiden Hauptverdächtigen in *beiden* Fällen weg.«

»Haha, *Haupt*verdächtige bedeutet doch, dass wir noch Nebenverdächtige haben. Fehlanzeige, oder täusche ich mich?« Marie kratzte an einem getrockneten Matschfleck an der Hose, der durch ihre Bearbeitung immer größer statt kleiner wurde.

»Fred bleibt noch übrig«, stellte Ida fest. »Allerdings weiß ich immer noch nicht, was er für ein Motiv haben sollte. Stand er überhaupt auf deiner Verdächtigenliste, Kim?«

»Der Vollständigkeit halber«, gab Kim zu. »Aber irgendwelche Hinweise auf ihn gibt es nicht!«

»Dann konzentrieren wir uns als Nächstes auf Bella und Manuel«, schlug Franzi vor.

»Nein, die haben nie im Leben etwas damit zu tun«, widersprach Lise entschieden.

»Ich kann mir vorstellen, dass der Gedanke schrecklich für dich ist«, erläuterte Kim. »Aber als Detektivinnen dürfen wir niemanden von vornherein ausschließen. Prinzessin Bella und Prinz Manuel könnten die Versicherung betrügen wollen.«

Franzis Gesicht hellte sich auf. »Versicherung! Wir haben da noch Ermittlungsarbeit offen. Und zwar in Prinzessin Bellas Büro. Leider konnten wir die Mappe ja vorhin nicht wirklich untersuchen. Aber das, was ich gesehen habe, ist definitiv einen zweiten Blick wert.«

»Bella hat die Tür verschlossen«, sagte Kim. »Und das ist nicht so ein altes Türschloss gewesen, sondern ein modernes Sicherheitsschloss. Traust du dich ran, Marie?«

Marie nickte. »Klar, versuchen kann ich alles. Versprechen nichts.«

Lise steckte die Hand in die Hosentasche. »Wir können es uns diesmal auch ein wenig leichter machen. Ich habe den Schlüssel zum Büro! Mein kleines Geheimnis.«
Ida knuffte Lise in die Seite. »Unser kleines Geheimnis. Wir haben in der Wandvertäfelung eine Zeitkapsel versteckt. Weißt du noch, Lise?«
Lise grinste. »Wie könnte ich das jemals vergessen? Da sind die wichtigsten Pokémon-Karten drin und ganz seltene Pferdespielfiguren. Die mit dem bunten Fell …«
»… und den Edelsteinen an der Stirn!«, ergänzte Marie. Sie wusste genau, welche Figuren Lise meinte. Als kleines Mädchen hatte sie sie selbst gesammelt.
Sie stapften weiter und der Boden unter Marie machte ÜMPF, ÜMPF, ÜMPF, ÜMPF.
ÜMF schoss es ihr durch den Kopf. Sie hatten vergessen zu fragen, was die Abkürzung in Emmas Terminkalender bedeutete. Mist! Jetzt war es zu spät.
Ida und Lise waren schon ein Stück vorausgegangen. Ganz offensichtlich gab es noch weitere Zeitkapsel-Erinnerungen, die ausführlich besprochen werden mussten.
Kim und Franzi neben ihr sahen müde aus. Kein Wunder, seit heute Morgen war ja auch einiges passiert.

Die drei !!! liefen durch die Wiese auf das Schloss zu, als sich die schwere Eingangstür öffnete. Emma trat aus der Tür. In der Hand hielt sie ein großes, unförmiges Etwas, das Marie nicht genauer identifizieren konnte. Doch der freundlich gelassene

Gesichtsausdruck hatte sich in einen gehetzten Blick verwandelt. Emma sah sich nach links und rechts um, als wollte sie eine stark befahrene Hauptstraße überqueren. Die Tatsache, dass vor ihr ein riesiger, menschenleerer und gänzlich autofreier Park lag, schien sie nicht davon abzuhalten, nun in geduckter Haltung die Treppe nach unten zu huschen, nur um sich sofort an die Schlossmauer zu pressen und sich langsam in Richtung Pferdestallungen zu bewegen.

»Was war das denn?«, fragte Marie. »Warum benimmt sich Emma so komisch?«

Franzi zuckte mit den Schultern. »Vielleicht ist es ihr peinlich, dass sie während der Arbeitszeit die Pferde besucht?«, vermutete sie.

»Und was bringt sie ihnen mit? Riesenleckerli?« Marie war nicht überzeugt. »Da stimmt doch was nicht!«

»Vielleicht war ihr nicht gut, schließlich haben wir die Sache mit ihrem Bruder auffliegen lassen. Und als Köchin, die etwas auf sich hält, verschwindet man dann lieber aus dem Blickfeld der Herrschaften, wenn einem übel ist«, überlegte Kim. »Aber du hast schon recht, Marie. Wir sollten nachsehen, was mit ihr los ist. Vielleicht ist sie doch nicht so unschuldig, wie sie vorgibt.« Sie bat Lise und Ida, stehen zu bleiben. Gemeinsam beschlossen sie, Emma zu verfolgen.

Die Pferdestallungen waren ein langes, ehemals weißes, doch jetzt eher schlammfarbenes Gebäude, das bestimmt bessere Zeiten gesehen hatte. Das Mauerwerk war von Rissen durchzogen und die Eisentür hing schief in den Angeln. Dass es so

schlimm um das Gebäude stand, hatte Marie vorhin gar nicht gemerkt. Nur das Hufeisen, das über der Tür hing, strahlte in vollem Silberglanz und war perfekt mittig und gerade angebracht. Es passte gar nicht zum Rest des Gebäudes.
Leise und vorsichtig, sodass man nicht einmal ein Strohhalm unter ihren Füßen knacken hörte – der Vorplatz und die Stallgasse lagen voll davon –, schlichen die fünf durch die Tür.
Marie blickte hinter sich. Lise und Ida bewegten sich genauso geräuschlos wie Kim und Franzi. Die beiden waren wirklich eine tolle Unterstützung für das Team.
Trotz allem blieben sie nicht unentdeckt – schließlich hatten sie es mit Pferden zu tun! Von Franzi wusste Marie, dass die Tiere ein unglaubliches Gespür hatten, wer sich in welcher Stimmung in ihrer Nähe aufhielt. Und darauf dann reagierten.
Aus jeder Box steckte ein Pferd neugierig seinen Kopf heraus und beobachtete die Detektivinnen aufmerksam. Marie bemerkte, wie schwer es Franzi fiel, in Deckung zu bleiben und nicht sofort Kontakt mit ihren Lieblingstieren aufzunehmen. Sie legte ihrer Freundin die Hand auf die Schulter und nickte ihr zu.
Langsam, ganz langsam arbeiteten sie sich weiter vor. Bislang gab es keine Spur von Emma. Alle Boxen waren verschlossen und die Tiere ruhig. Franzi deutete auf die Sattelkammer, die rechts am Ende der Stallgasse lag. Sie bedeutete den anderen, sich versteckt zu halten, und zog Marie am Ärmel.
Zu zweit kamen sie Schritt für Schritt näher an den Raum heran, in dem Franzi Emma vermutete.

Sie duckten sich beim Türstock und linsten in den Raum hinein. Durch das Fenster schien hell die Sonne, die Luft war stickig und roch nach Leder und Pferdehaaren, doch bis auf die Sättel war er leer.

»Hier ist niemand«, gab Franzi Entwarnung.

Marie richtete sich auf und sah einen schwarzen schimmernden Fleck auf ihren Glitzerturnschuhen. IGITT! Sie stand mitten in einer zähen, klebrigen Masse. Sie hob das Bein hoch und betrachtete das Unglück. »Pfui!«, schimpfte sie. »Wo bin ich da reingetreten?«

»Das sieht aus wie Öl oder so was«, stellte Franzi fest. »Das hat aber in einem Pferdestall nichts zu suchen!«

Marie deutete auf den Boden. »Da ist eine ganze Spur, die jemand vertropft hat, so eine Schweinerei.«

Kim, Ida und Lise waren mittlerweile wieder bei ihnen. »Die führt ins Nichts«, bemerkte Lise, die die immer undeutlicher werdende Ölflecken-Spur ablief. »In der leeren Pferdebox ist Schluss.«

In der Ecke der Box waren mehrere Strohballen aufeinandergestapelt. So viele, dass nicht mehr viel Platz blieb. Ein Pferd passte auf jeden Fall nicht mehr hinein.

»Dieser Stapel ergibt keinen Sinn«, sagte Franzi. »Stroh und Heu sind trocken am anderen Ende des Stalls gelagert. Warum stellen sie die Pferdebox zu? Versteckt hier jemand etwas?« Energisch packte sie sich den obersten Ballen Stroh und hob ihn herunter. »Kommt mal bitte alle her«, sagte sie. »Ich habe etwas Hochinteressantes gefunden!«

»Eine Tür!«, staunte Kim. »Hinter dem ganzen Stroh ist eine Tür versteckt. Seid leise, vielleicht werden wir gleich wissen …«

»Was macht ihr hier?«

Marie drehte sich um und erschrak fürchterlich. Hinter ihnen stand Emma und sah nicht aus, als würde sie ihnen gerade freundlich ein Stück Torte servieren. Eher so, als würde sie sie am liebsten vom Schlossgelände verjagen. Und warum stand sie plötzlich hinter ihnen? Waren sie an ihr vorbeigelaufen und hatten sie nicht gesehen? Unmöglich, der Stall war leer gewesen – es sei denn, sie hatte sich bei einem der Pferde in der Box versteckt.

»Unbefugte dürfen nicht in die Stallungen«, schimpfte sie weiter. »Die Pferde sind sehr wertvoll und hochsensibel. Wenn sie sich erschrecken, könnten sie sich verletzen.«

Marie wunderte sich. Was hatten sie denn falsch gemacht? Emma war wie ausgewechselt. In ihren Augen sah Marie Zorn – und Angst!

»Aber das stimmt doch gar nicht. Tante Bella sagt immer, dass wir jederzeit zu den Tieren dürfen«, verteidigte sich Lise.

»Das hat sich geändert«, sagte Emma kühl. »Du kommst nur noch selten her. Jetzt kommen und gehen ständig Besucher, die nicht mal den Anstand haben zu fragen, ob sie die Pferde berühren oder füttern dürfen. Und die überall im Schlosspark herumstapfen und die Blumen zertrampeln. Letztes Jahr, das hat Fred mir erzählt, haben sogar einige im Schlossteich gebadet. Es ist grässlich. Früher muss das hier ein idyllischer Ort gewesen sein.«

»Weißt du, was hinter dieser Tür ist?«, fragte Kim plötzlich. Emma wollte erneut losschnauben, besann sich aber. Marie konnte direkt zusehen, wie sich nach und nach ihre Gesichtszüge entspannten und sie sich wieder in die freundliche Köchin verwandelte, die die drei !!! kennengelernt hatten.
»Ach, nicht der Rede wert. Das ist eine kleine Putznische. Da steht der … der Hochdruckreiniger, mit dem wir ab und zu die Boxen desinfizieren.«
»Und was ist mit dieser frischen Ölspur?« Franzi beäugte misstrauisch jede von Emmas Bewegungen.
»Ölspur?«, fragte Emma unschuldig.
»Na hier!« Kim deutete auf die deutlich sichtbaren schwarzen Tropfen am Boden.
Emma wurde rot, dann wieder bleich und knetete dabei die Hände. »Ach … die meint ihr … ja, da hab ich wohl vor Kurzem die Scharniere der Box oder vielleicht auch den Hochdruckreiniger geölt.« Sie kratzte sich am Kopf. »Ja, so war es!« Sie strahlte die drei !!!, Lise und Ida an.
Marie fragte sich, ob Emma wirklich dachte, dass sie ihr diese Geschichte abnahmen.
Franzi schien sich ebenfalls zu wundern. »Und weil du dich ganz plötzlich an die Kleckerei erinnert hast, musstest du schnell zu den Stallungen schleichen, um das Öl aufzuwischen? Eigentlich ist das nicht Aufgabe der Köchinnen, aber du liebst die Pferde und arbeitest gerne im Stall?«, fabulierte sie aufs Geratewohl.
»Und weil es dir unangenehm ist, dass du während der Arbeits-

zeit im Stall bist, hast du dich erst in alle Richtungen umgesehen und bist dann dicht an die Hauswand gedrückt hierhergeschlichen, hast dich versteckt und uns überrumpelt?«, spann Kim die Ausrede nun weiter.

»Und das schwere Ding, das du in der Hand hattest, das waren Putzeimer und Lappen, richtig?«, setzte Marie noch eins obendrauf.

Emma nickte begeistert. »Ertappt. Woher wisst ihr das?« Dann lachte sie. »Ach ja, ihr seid Detektivinnen. Gut gemacht! Dann begleite ich euch mal zurück ins Schloss. Um die alten, eingetrockneten Tropfen am Boden kümmere ich mich später.« Sie wischte sich die Hände an der weißen Schürze ab. Auf der rechten Seite glitzerten frische schwarze Ölflecken.

Preußisch blaue Schokolade

»Mit Emma stimmt etwas nicht! Sie hat uns nicht die Wahrheit gesagt.« Kim nahm den Schlüssel von Lise und sperrte das Büro auf.

Emma war mit ihnen zurück zum Schloss gegangen und hatte sie auf ihr Zimmer gebracht. Natürlich, nachdem sie freundlich gefragt hatte, ob sie noch etwas zu essen haben wollten.

Sie hatten verneint, und sofort nachdem Emmas Schritte auf dem Flur verhallt waren, waren sie aus ihrem Zimmer und zum Büro geschlüpft. Niemand hatte sie gesehen, da war sich Marie sicher.

»Pst, nicht hier! Können wir das im Büro besprechen?«, mahnte Franzi.

Lise sperrte die Tür auf und die Mädchen schlüpften hinein.

»Sorry, das ist einfach aus mir herausgeplatzt«, murmelte Kim. »Von wegen eingetrocknete Flecken! Das ist gerade erst passiert.«

»Meine Schuhe beweisen es«, meinte Marie. »Die ganze Sohle ist schwarz. Und habt ihr die schwarzen Flecken auf

Emmas Schürze gesehen? Das, was sie getragen hat, ist ausgelaufen.«

»Und sie muss es in die Kammer gebracht haben. Die Spur führte eindeutig dorthin. Was war das bloß? Riesig und tropfend? Und warum versteckt sie es?« Franzi war ratlos. »Ich würde am liebsten sofort los und nachsehen.«

»Jetzt gleich können wir nicht schon wieder hin.« Lise holte den Versicherungsordner aus dem Regal. »Lasst uns erst die Unterlagen ansehen, und wenn Emma in der Küche beschäftigt ist, dann gehen wir zurück zu den Stallungen und öffnen die Tür.«

»Einverstanden«, sagte Kim. »Auch wenn ich vor Neugierde gleich platze.«

»Dann sieh dir das einmal an!« Franzi hatte sich den Versicherungsordner geschnappt und starrte hinein. »Hier kannst du auch platzen. Vor Staunen! Das ändert die Sache nämlich völlig! Ihr werdet es nicht glauben, aber Bella wusste, dass das Bild nicht echt war!«

»Wie meinst du das?«, fragte Marie verwirrt und blickte Franzi von hinten über die Schulter.

»Wenn ich das Gutachten von der Versicherung richtig verstehe, hat ein Experte vor zwei Monaten das Bild untersucht und festgestellt, dass es nicht aus der Zeit von Dorer sein kann. Denn das verwendete Blau, Preußisch Blau, um genau zu sein, wird erst seit dem Jahr 1706 verwendet. Vorher gab es diese Farbe nicht. Die Schleiereule hat Dorer aber 1648 gemalt. Gut fünfzig Jahre zuvor!«

»Steht da auch etwas vom Rahmen *made in China*?«, fragte Kim.

Franzi schüttelte den Kopf. »Nein, keine Silbe.«

»Das ergibt doch keinen Sinn«, wunderte sich Marie. »Die Versicherung prüft die Farben so genau, dass sie Preußisch Blau von irgendeinem früheren Blau unterscheiden kann, aber sieht sich den Rahmen nicht an? Das kann ich einfach nicht glauben!« Sie nahm sich den Ordner und blätterte darin herum. Nach einer Weile sagte sie: »Stimmt. Hier ist von Pinselstrichen und Farben und der Signatur die Rede. Aber der Rahmen bleibt unerwähnt.«

»Vielleicht war er nicht dabei?«, mutmaßte Ida.

»Das wäre eine Erklärung«, meinte Marie. »Aber Tatsache ist, dass Bella davon wusste. Und heute Vormittag hat sie so getan, als sei das Original zerstört worden. Und wir haben ihr das alle abgenommen!«

»Dann hat Tante Bella uns getäuscht«, murmelte Lise ein ums andere Mal und setzte sich an den großen dunklen Schreibtisch. »Und das alles an meinem Geburtstag. Ein bisschen Spannung wäre total okay gewesen, aber jetzt ist es mir doch etwas zu viel.« Sie legte den Kopf auf die Arme und seufzte. »Ist Tante Bella die Täterin?«

»Das können wir jetzt noch nicht sagen. Aber sie ist auf jeden Fall nicht so unschuldig, wie sie sich gibt«, erklärte Kim vorsichtig.

Ida nahm einen Brieföffner vom Tisch und hebelte zielsicher ein Stück Wandvertäfelung hoch. »Alles so, wie wir es vor sechs

Jahren hier versteckt haben!«, sagte sie zufrieden und holte eine Pappschachtel aus dem Versteck. Vorsichtig nahm sie den Deckel ab und grinste. »Mal sehen, ob wir dich damit aufheitern können.«
Sie holte ein kleines türkisfarbenes Pferdchen hervor, legte einen länglichen Gegenstand auf den Sattel und ließ es durch die Luft zu Lise galoppieren.
»Und dann wäre Himmelshuf zu Prinzessin Lise gesprungen und hätte sie mit ihrer samtweichen Schnauze angestupst. Dann hätte sie ihr zum Geburtstag gratuliert und dazu hätte es noch Sterne geregnet. Lise wäre wieder ganz glücklich und froh geworden. Außerdem hätte Himmelshuf ihr auch noch ein Geschenk mitgebracht. Einen Riegel Glücksschokolade. Hier!«
Lise sah auf und lächelte. »Himmelshuf, genau, ich erinnere mich!«, sagte sie. Dann stieg sie in Idas Spiel ein. »Und dann hätte Prinzessin Lise Himmelshuf die Mähne gekämmt und tausende Sterne wären herausgepurzelt. Und die Sterne hätten in Prinzessin Lises Herz aufgeleuchtet und sie hätte die leckere Glücksschokolade gegessen.« Sie packte den Schokoriegel aus, dessen Verpackung ganz zerknittert aussah. Noch abenteuerlicher aber sah die Schokolade selbst aus. Weiß und krümelig lag sie im zerfransten Papier. »Oder Prinzessin Lise hätte vielleicht lieber entschieden, heute nichts Süßes mehr zu essen.« Sie musste lachen und schob die Uraltschokolade zur Seite. Dabei fiel einer der weißen Brocken auf den Boden und rollte unter den Schreibtisch.

»Die ist hart wie Stein«, sagte sie, als sie die Schokolade aufhob. »Hoppla, da liegt was!«
Sie zog ein Papierstück unter dem Schreibtisch hervor und betrachtete es ausgiebig. »Eine Mail. Und sie hat mit dem Fall zu tun.«
»Lies vor«, bat Marie.
»Lieber Manuel«, begann Lise. *»Alles ist aus. Ich weiß nicht mehr, was ich tun soll. Gerade eben habe ich ein Gutachten der Versicherung erhalten. Bitte verzeih, dass ich es ohne dein Wissen habe anfertigen lassen, aber ich wollte genau wissen, wie viel das Bild wert ist. Es war gegen unsere Abmachung, das weiß ich. Bitte setz dich hin, wenn du kannst. Denn ich muss dir eine schreckliche Nachricht überbringen. Unsere Schleiereule ist eine Fälschung. Sie ist nichts wert. Wir können das Schloss so nicht retten. Wenn du wieder zu Hause bist, müssen wir über einen Verkauf nachdenken.*
Ich weiß, damit zerplatzt unser Traum von Eulenfels.
Bella.«
Lise unterbrach kurz. »Manuel hat ihr geantwortet. Es geht weiter: *Liebe Bella,* schreibt er, *bitte vertrau mir und sei nicht traurig. Es wird alles wieder gut. Ich bin guter Dinge und das solltest du auch sein, Prinzessin. Wir sehen uns bald wieder. Leider muss ich mich beeilen, ich sende dir eine dicke Umarmung und versprich mir, dir keine Sorgen mehr zu machen! Manuel.«*
»Täusche ich mich oder ist das nicht unbedingt die Antwort, die man auf eine solche Mail erwarten würde?«, fragte Marie erstaunt.

»Finde ich auch merkwürdig.« Kim kratzte sich an der Oberlippe. »Vielleicht ist er heimlich froh, dass er die Verantwortung für das Schloss auf diese Art und Weise loswird?«
Lise schüttelte den Kopf. »Sein Herzblut steckt in diesem Anwesen. Vorschnell einfach aufzugeben, wäre überhaupt nicht typisch für ihn. Und in Bellas Mail klingt es nicht so, als hätte er in letzter Zeit seine Meinung geändert.«
Marie blickte aus dem Fenster und ihre Gedanken schweiften ab. Die perfekte Sommeridylle. Die Insekten schwirrten um die geöffneten Blüten, die Schmetterlinge tanzten und der See glitzerte im Sonnenschein. Nur: Der Schein trog. Sie konnten nicht mit Lise im Garten Geburtstag feiern, weil sie einen Diebstahl und eine Gemäldefälschung mit immer verwirrenderen Hintergründen aufklären mussten.
Plötzlich bemerkte sie Emma, die eifrig über die Wiese stapfte und die Stühle, die für die Feier um den Tisch gestellt worden waren, mit einem Lappen abwischte. Wahrscheinlich hatte der heftige Regen Schlammspritzer hinterlassen.
Dann verschwand die Köchin wieder ins Schloss.
»Ich denke, wir sollten nicht warten, bis die Luft rein ist, und eher mal nach unten gehen und …«, murmelte Marie vor sich hin.
»Was bitte schön kombinierst du da ganz alleine vor dich hin?« Franzi kicherte. »Sag es doch laut, dann haben wir wenigstens die Chance, dir zu sagen, ob du auf dem Holz- oder dem Königsweg bist.« Sie knuffte Marie an den Oberarm.
»Emma war gerade draußen«, erklärte Marie. »Und ich glau-

be, sie geht jetzt in die Küche. Wir können noch nicht zurück zu den Stallungen, aber vielleicht könnten wir … wir sollten ein wenig …«

Kim öffnete ihren Rucksack und holte ein Abhörgerät heraus. »Absolut! Unbedingt. Und zwar sofort!«

Lise und Ida sahen sich an. »Das klappt bei uns auch manchmal«, sagte Ida.

»Dass wir genau wissen, was die andere gleich sagen will«, ergänzte Lise.

»Dann lasst es uns nicht nur sagen, sondern auch machen!« Franzi war voller Tatendrang. »Auf geht's!«

Und ohne ein weiteres Wort schlichen die fünf zum wiederholten Male an diesem Tag die Steintreppe in die Empfangshalle hinunter und versteckten sich beim Pfeiler direkt neben der Küche.

»Perfekt«, sagte Kim und positionierte das Gerät. »Die frühere Durchreiche ist nur mit Holz verschlossen. Ich höre alles. Wie Marie vermutet hat, ist Emma in der Küche. Aber sie ist nicht allein. Ich glaube, Fred ist bei ihr. Und sie streiten.«

»Mit Fred kann man streiten?«, wunderte sich Lise. »Ich habe noch niemals erlebt, dass er böse wird oder überhaupt eine andere Gefühlsregung hat als freundlich und lieb.«

»Pst«, machte Kim. »Sie sind zwar recht laut, aber sie sollten uns auf keinen Fall hören. Hier!«

Kim gab jeder einen Kopfhörer. »So bekommen wir alles mit!«

»Cooles Teil!« Lise nickte anerkennend und steckte den Kopfhörer ins Ohr. »Wow!«

»Es reicht!«, hörten sie Emma gerade sagen. »Ich mag nicht mehr. Der Druck ist einfach zu groß!«

»Was soll das heißen?«, erwiderte Fred wütend. »Du hast mir versprochen mitzumachen! Und jetzt, so kurz vor dem Ziel, willst du aufgeben? Ich warne dich. Dann halte ich mich auch an keine Verabredung mehr!«

Sie hörten Töpfe und Pfannen klappern. So laut, dass sie kurz den Hörer aus dem Ohr nehmen mussten und das Gesicht verzogen. »Aua«, rutschte es Lise heraus. »Ich erkenne Fred überhaupt nicht wieder. Seine Sprache ist plötzlich ganz anders. Überhaupt nicht mehr vornehm.«

»Von mir aus kannst du alles sagen!«, rief Emma. »Ich habe die Geheimnistuerei so satt. Ich möchte nicht länger kriminell sein und ich möchte auch keinen Kriminellen mehr decken.«

»Wie du willst! Bella und Manuel werden sehr daran interessiert sein, dass dein Gast im Turmzimmer keinerlei Miete zahlt. Im Gegenteil. Er frisst ihnen noch zusätzlich die Haare vom Kopf.« Freds Stimme bebte vor Zorn. Und vor Angst.

»Unsere Gäste, die Detektivinnen mit dem komischen Namen, haben herausgefunden, dass ich Leo im Turmzimmer versteckt habe.«

»Das darf doch nicht wahr sein! Diese kleinen Schnüfflerinnen konnte ich von Anfang an nicht leiden. Was wissen sie von der Fälschung? Haben sie mich in Verdacht?«

»Das weiß *ich* doch nicht«, erwiderte Emma unfreundlich. »Ich weiß nur, dass es mir egal ist, ob du der Prinzessin und dem Prinzen von Leo erzählst. Das habe ich nämlich selber vor.

Ich mache reinen Tisch. Und wenn ich dann nicht mehr hier arbeiten darf, dann ist es eben so.«

»Dann wird es aber keine weiteren Malereistunden geben – kein Üben mehr mit Fred«, drohte der Diener höhnisch. »Und ohne mich wird Leo niemals ein Dorer werden, das schwöre ich dir. Dazu hat er nicht das Zeug. Er kennt die Kniffe nicht. Die kenne nur ICH, ICH, ICH! Niemand hat gemerkt, dass eine Fälschung an der Wand hängt. Ich bin gut. Ach was. Ich bin besser als Dorer.« Er lachte unheimlich und laut.

Üben mit Fred, Üben mit Fred, hallte es in Maries Kopf nach. Ü ... M ... F ... ÜMF! Das war es. Die Termine im Kalender hießen: »Üben mit Fred«.

Und dann war das Tattoo auf dem Arm vielleicht doch kein Spiegelei, durchfuhr es Marie wie ein Blitz. Fred war ein talentierter Maler. Und er hatte sich seine Leidenschaft unter die Haut stechen lassen: eine Farbpalette.

Kim, die neben ihr stand, ließ das Abhörgerät sinken. »Fred«, sagte sie leise. »Er ist der Täter!«

Plötzlich ging alles ganz schnell. Die Küchentür schwang auf, knallte an die Wand und Fred stürmte mit hochrotem und vor Angst verzerrtem Gesicht in die Empfangshalle. Er blickte sich um und starrte entgeistert in die Gesichter der fünf Mädchen.

»Was wollt ihr hier?«, rief er. Dann verbeugte er sich hastig. »Wie kann ich behilflich sein?«

»Das Spiel ist aus«, sagte Kim kühl. »Wir haben alles gehört!«

Fred versuchte, weiterhin Haltung zu bewahren. »Was meint die junge Dame?«, fragte er unschuldig.

»Die junge Dame meint, dass Sie der Bilderfälscher sind und die berühmte Schleiereule ausgetauscht haben. Und Sie somit das Original gestohlen haben.«

Fred kniff wütend die Augen zusammen. »Verschwindet vom Schloss!«, schrie er. »Seit ihr heute Morgen angekommen seid, läuft alles schief. Ich wusste es schon immer! Wir hätten niemals Besucher zulassen dürfen. Sie ruinieren alles. Lasst mich in Ruhe!«

Er riss sich den Frack vom Leib, zerknüllte ihn und warf ihn Marie vor die Füße. Dann rannte er los, als würde er vom Teufel verfolgt.

»Hinterher!«, rief Franzi. »Den holen wir locker ein!«

Fred und die Ungeheuer

Genau in diesem Moment röhrte der Motor eines Motorrads laut auf. Als die fünf an der Haustür angelangt waren, konnten sie Fred, der mit vollem Karacho Richtung Stallungen fuhr, nur noch hinterherblicken. Er gab so viel Gas, dass die Kieselsteine in hohem Bogen durch die Luft flogen.

»In dem kleinen Abstellraum muss das gestohlene Bild sein«, keuchte Kim. »Das muss er noch holen. Wir haben eine Chance!«

Sie rannten los, die Treppe hinunter und den Kiesweg entlang. Es waren ungefähr dreihundert Meter bis zum Pferdestall.

Bald schon konnten sie Freds Motorrad sehen, das direkt vor der offenen Eingangstür stand.

»Schneller!«, rief Franzi. »Sonst entkommt er uns!«

Marie spürte einen spitzen Schmerz in der Seite. Mist! Seitenstechen konnte sie jetzt gar nicht gebrauchen. Sie presste die Finger auf die schmerzende Stelle und rannte weiter.

Sie mussten es einfach schaffen! Fred durfte mit der wertvollen Beute nicht entkommen.

»Zu spät! Da ist er!«, keuchte Kim hinter ihr.
Kim hatte richtig gesehen. Fred schleppte ein großes rechteckiges Paket aus dem Stallgebäude. Darin musste sich die Schleiereule befinden. Marie lief ein Schauer über den Rücken, als sie sah, wie Fred das in Packpapier geschlagene Bild nicht besonders sanft im Beiwagen verstaute und versuchte, es mit einer Schnur festzuzurren. Mit einer normalen Schnur? Das Bild war doch sicher wahnsinnig empfindlich! Bestimmt würde sie das Bild beschädigen. Marie wurde schlecht.
»Haut ab!«, rief Fred noch einmal. »Ich lasse nicht zu, dass ihr mir alles verderbt!«
Hektisch verknotete er die Schnüre, doch als er sah, dass Franzi bereits auf dreißig Meter herangekommen war, gab er auf.
»Ich bin weg!«, schrie Fred und schwang sich auf den Sitz des Motorrads. Er trat das Kickstartpedal heftig nach unten und ließ den Motor aufheulen.
Franzi war nun bei Fred angekommen. »Geben Sie auf!«, schrie sie mit letzter Kraft und schnappte sich den Griff des Beiwagens.
Das Motorrad setzte sich mit einem Ruck in Bewegung und Franzi ließ zu spät los. Sie wurde nach vorne gerissen und landete mit dem Bauch auf dem harten Pflaster.
Fred sah sich kurz um, zog eine wütende Grimasse und raste los. So gut es eben auf dem unbefestigten Weg ging. Das Bild rumpelte gefährlich im Beiwagen hin und her, fiel aber nicht heraus.
Marie rannte zu Franzi, die sich bereits aufrappelte.

»Alles okay?«, presste Marie atemlos heraus.
»Nur Schürfwunden! Passend zu denen von vorhin.« Franzi zeigte auf ihre aufgerissenen Jeans. »Blutet ziemlich doll, ist aber halb so wild.« Sie stand auf und wandte sich an Lise. »Ich habe eine Idee. Wir verfolgen Fred mit den Pferden. Könnt ihr ohne Sattel reiten?«
Lise, Ida und Marie nickten.
»Kommt mit, ich weiß, welche Pferde wir am besten nehmen!«, sagte Lise aufgeregt.
Marie folgte Lise, und noch bevor sie sich umsah, stand sie vor einer braunen Stute.
»Das ist Pinocchia!«, rief Lise ihr zu, die sich gerade auf einen Apfelschimmel schwang.
Franzi saß bereits auf einem Rappen und Ida ebenfalls auf einem Braunen.
Marie packte die Mähne und zog sich auf Pinocchias Rücken.
»Kim?«, fragte Marie.
»Keine zehn Pferde bringen mich auf ein Pferd«, sagte Kim. »Und schon gar nicht ohne Sattel. Ist aber kein Problem. Ihr stellt Fred und ich werde derweil die Polizei rufen.«
»Einverstanden«, antwortete Marie.
Pinocchia war ein tolles Pferd. Marie musste die Beinhilfen nur andeuten, schon reagierte die Stute. So, als ob sie schon lange ein Team wären. Das machte viel mehr Spaß als auf den Reitpferden, auf denen Marie als kleines Mädchen Unterricht gehabt hatte.
Franzi galoppierte vorneweg und die anderen hinterher.

Marie lachte auf, als sie quer über die Wiese auf den Waldrand zuritten. Das fühlte sich super an, obwohl sie natürlich wusste, dass sie gerade einen Verbrecher verfolgten.
Und immer mehr aufholten, denn sie waren wirklich schnell und Fred wurde immer langsamer. Oder kam es Marie nur so vor? Wo war das röhrende Motorengeräusch geblieben? Marie hörte nur noch das Trappeln der Hufe und tatsächlich: Kurz vor dem Waldrand kam Fred zum Stehen.
Der Diener stieg ab und trat ein paar Mal wütend das Kickstarterpedal, aber das Motorrad sprang nicht wieder an. Er fluchte laut, sah panisch zu den Pferden, die auf ihn zu galoppierten, und riss in einer Kurzschlussreaktion das Bild aus dem Beiwagen. Er klemmte es sich unter den Arm und lief in den Wald hinein.
Einen Moment dachte Marie, dass Fred nun gewonnen hätte. Der Wald war an dieser Stelle dicht und eigentlich durften sie ihn nicht betreten ... Oder war die Stelle weit genug von der wilden Bache entfernt? Sie versuchte, mit Lise und Ida, die gleichauf mit ihr waren, in Blickkontakt zu kommen, um sich mit ihnen verständigen zu können. Doch die bemerkten Marie nicht und galoppierten direkt auf den Wald zu.
Pinocchia schien keine Angst zu haben, offensichtlich war sie schon oft hier unterwegs gewesen und kannte den Weg. Gut. Dann würde sie, Marie, auch keine haben! Augen zu und Pinocchia blind vertrauen! Oder vielleicht doch lieber mit offenen Augen?
Zielsicher fanden die Tiere ihren Weg durch das Unterholz und

das Gestrüpp des Waldes und nicht ein Mal musste Marie auch nur einem Zweig ausweichen.
»Bleiben Sie stehen!«, rief Franzi, die schon ein gutes Stück weiter in den Wald geritten war, in diesem Augenblick.
Und dann hörte Marie, wie Franzi kicherte.
Als Pinocchia weiterlief, sah sie auch, warum.
Franzi hatte Fred an eine Birke gedrängt und Fred schien vor irgendetwas riesige Angst zu haben. Er zitterte und stieß unzusammenhängende Laute aus. Dann lehnte er das Bild an den Baum und hob die Arme schützend über den Kopf.
»Nimm das Tier weg«, bat er mit kläglicher Stimme. »Und sag ihm, es soll mir nichts tun!«
Voller Panik schloss Fred die Augen. Er war bleich und kalter Schweiß stand ihm auf der Stirn.
»Es ist eine Sie«, erklärte Franzi. »Und ich werde ein gutes Wort für Sie einlegen. Möglicherweise kann ich die Stute dazu bringen, dass sie Sie erst auffrisst, nachdem Sie gestanden haben.«
Marie kicherte. Franzi machte ihre Sache gut!
Die Rappstute machte einen Schritt auf Fred zu und schnupperte.
»Halte dein Ungetüm im Zaum«, forderte er und fuchtelte wild mit den Armen. Dabei stieß er das Bild um. »Da siehst du, was du und das Ungeheuer angerichtet habt.«
»Ich denke«, schaltete sich Marie ein, »dass wir in dieser Situation sind, weil *Sie* vorher etwas angerichtet haben. Das Bild neben Ihnen ist die Schleiereule von Dorer, richtig?«

Fred nickte. »Wie habt ihr das herausbekommen? Ich habe das Gemälde exakt kopiert. Mein ganzes Leben lang habe ich geübt.«
»Stimmt. Sie haben das Gemälde perfekt kopiert. Kein Besucher und nicht mal Leo, der ein echter Dorer-Experte ist, hat es bemerkt. Aber Sie haben trotzdem einen großen Fehler gemacht. Nicht beim Gemälde selbst, sondern beim Rahmen.«
Fred runzelte die Stirn und schien einen Moment zu vergessen, dass sich eine Pferdeschnauze ziemlich nah vor seiner Nase befand. »Was meinst du damit?«
»Sie haben etwas sehr Wichtiges übersehen«, erklärte Franzi. »Auf dem Rahmen, der zugegebenermaßen ziemlich echt aussah, stand *Made in China*. Und als das Bild durch den Ast zerstört wurde, konnte man das deutlich sehen.«
Fred knirschte mit den Zähnen. »Die Firma hatte mir versprochen, eine genaue Nachbildung zu machen. Altes Holz, alte Farben, handgeschnitzt …«
»Die haben Sie offensichtlich betrogen«, sagte Marie kühl.
»Ich werde ständig betrogen. Erst wurde ich um mein altes Leben betrogen. Den Trubel mit den Besuchermassen, den habe ich einfach nicht ausgehalten. Ich war gerne Diener, mein ganzes Leben war ich bei der Prinzessin und beim Prinzen. Lise kann das bezeugen.«
»Das stimmt«, antwortete Lise. Mitfühlend fragte sie: »Was ist denn genau passiert?«
»Ich liebe das Schloss, ich verehre die Prinzessin und den Prinzen, aber als der Turm abgesackt ist und sie daraufhin beschlos-

sen haben, das Geld für die Restaurierung durch Besucher aufzutreiben, die hier übernachten durften und sich jede Freiheit genommen haben, da musste ich eine Entscheidung treffen. Woanders wollte ich nicht als Diener anfangen, dazu war ich zu lange hier. Und mein einziges anderes Talent ist das Malen.«

»Das wussten wir alle gar nicht«, warf Ida ein.

»Erinnerst du dich nicht?«, meinte Lise plötzlich. »Immer wenn uns die Ausmalbilder ausgegangen waren, haben wir Fred gebeten, uns Konturen von Tieren zu zeichnen. Die waren immer toll!«

Idas Augen begannen zu leuchten. »Stimmt, wir wissen also doch, dass Sie ein richtig guter Maler sind.«

»Ich wollte das nie an die große Glocke hängen. Niemand wusste, dass ich die Dorer-Technik beherrsche«, fuhr Fred nun viel ruhiger fort. »Ich habe immer nur für mich gemalt und einige meiner Bilder in die privaten Schlossflure gehängt. Ist keinem aufgefallen. Und so konnte ich still und heimlich das Dorer-Bild nachmalen. Doch eines Nachts standen Leo und Emma vor mir. Erst wollten sie mich auffliegen lassen, aber ich hatte ein Gegenmittel in der Hand.«

»Emma hatte Leo ohne das Wissen von Bella und Manuel hier einquartiert«, bemerkte Lise.

Fred nickte. »Ich kenne Leo schon lange. Ich habe ihm in Moppenheim Malunterricht gegeben. Vor ein paar Tagen bin ich mit der Fälschung fertig geworden und habe die Bilder ausgetauscht. Den Code für die Alarmanlage hat mir der Prinz gegeben, weil sie manchmal spinnt.«

»Und weil Bella und Manuel Vertrauen zu Ihnen haben«, sagte Lise enttäuscht. »Was hatten Sie vor?«
»Na, was wohl? Ich wollte das Bild auf dem Schwarzmarkt verkaufen. Ich hätte nicht den eigentlichen Wert bekommen, aber immerhin so viel, dass ich mir einen angenehmen Lebensabend irgendwo in der Karibik hätte machen können. Vielleicht hätte ich dort ab und zu eine Palme gemalt und sie verkauft, wer weiß.« Fred seufzte.
»Ihr Plan wäre fast aufgegangen. Zum Glück hat Lise uns zu ihrem Geburtstag eingeladen«, sagte Marie.
»Es tut mir leid, mein Kind. Ich habe dir deinen Geburtstag verdorben.« Fred sah Lise unglücklich an. »Und was machen wir jetzt?«
»Ist das nicht klar?« Franzi zog eine Augenbraue nach oben. »Wir müssen Sie der Polizei übergeben. Sie haben ein schweres Verbrechen begangen. Und da Sie vor unseren tierischen Begleitern solche Angst haben, brauchen wir auch keine Fesseln oder Handschellen. Sondern nur Pferdeschnauzen, die Sie in die richtige Richtung stupsen.«
Fred warf den Pferden einen hasserfüllten Blick zu, nahm das Bild unter den Arm und setzte sich in Bewegung.
»Das Bild nehme ich!«, forderte Franzi. »Im Schritttempo ist das kein Problem.«

Es war eine merkwürdige Karawane, die Franzi auf ihrer Rappstute anführte. Langsam ritten sie den Weg zum Schloss zurück, über die große Wiese und den Kiesweg. Fred lief dazwischen, vorsichtshalber hatte Lise ihm mit einem Stallhalfter die Hände auf dem Rücken zusammengebunden. Immer wenn eines der Pferde ihm zu nahe kam, rümpfte Fred die Nase und versuchte auszuweichen. Pinocchia schien das lustig zu finden, denn sie stieß Fred immer wieder freundlich mit ihrer langen Schnauze an.

Marie grinste. Sie war zufrieden. Und auch stolz. Der Fall war gelöst! Er hatte zwar eine unerwartete Wendung genommen, aber dennoch hatten sie den Täter durch kluge Recherche und mutiges Handeln dingfest machen können. Sie konnte es kaum erwarten, Prinzessin Bella von ihrem Erfolg zu erzählen.

Prinzessin Bella ... Marie fiel plötzlich wieder ein, dass sie von der Fälschung gewusst und ihnen nichts gesagt hatte. Möglicherweise waren in diesem Fall doch noch nicht alle Karten auf dem Tisch? Und Prinzessin Bella steckte auf die eine oder andere Weise mit drin? Fred hatte sie in seinem Geständnis allerdings nicht erwähnt ... Wie auch immer. Ihre Ermittlungen waren ganz offensichtlich noch nicht zu Ende.

»Da seid ihr ja!« Kim kam mit Kommissarin Aslan im Schlepptau auf sie zu, als sie gerade auf Höhe der Stallungen waren.

Vor einiger Zeit hatte Kommissar Peters Verstärkung bekommen. Und Robert Peters freute sich nicht nur darüber, dass er sich mit Elif Aslan die Arbeit teilen konnte. Nein, er freute sich auch, dass seine Kaffeepausen nun sehr viel fröhlicher und lustiger geworden waren. Kim, Franzi und Marie hatten die neue Kommissarin ebenfalls bereits kennengelernt. Und sie ins Herz

geschlossen. Sie war hilfsbereit und nicht halb so streng mit ihnen wie Kommissar Peters.
»Respekt«, entfuhr es der Kommissarin, als sie Fred sah. »Sehr professionell gemacht. Ich bin stolz auf euch!«
Franzi reichte Kim das Bild und stieg dann von ihrem Apfelschimmel ab. »Hier ist das Gemälde«, sagte sie. »Ich hoffe, es hat auf der Flucht keinen Schaden genommen.«
Kommissarin Aslan nahm ihre Handschellen vom Gürtel und klickte sie an Freds Hände. Erst dann wickelte sie das Stallhalfter ab. »Frederick Multer?«
Fred nickte.
»Sie sind wegen Fälschung, Betrug und Diebstahl festgenommen.«
Marie, Ida und Lise stiegen ebenfalls von den Pferden ab, streichelten ihnen lobend über den Hals und führten sie zurück in die Boxen.
In diesem Augenblick fuhr ein Auto den Kiesweg hinauf und hielt neben den Stallungen an.
Ein großer, breitschultriger, dunkelhaariger Mann im grauen Anzug stieg aus und blickte verwundert zu ihnen herüber.
»Was ist denn hier los?«, fragte er misstrauisch. Dann sah er Lise und Ida und sein Gesicht entspannte sich.
»Onkel Manuel!«, rief Lise froh, rannte zu ihm und umarmte ihn herzlich. »Wir feiern meinen Geburtstag!«
Prinz Manuel lachte und wirbelte Lise einmal herum. »Na klar, das weiß ich doch. Deswegen bin ich früher gekommen. Um mit meiner Lieblingsnichte und einem Glas Zitronenlimonade

anstoßen zu können. Können Sie mir bitte sagen, was ihr hier für ein merkwürdiges Spiel spielt? Fred?«

Der Diener schwieg und senkte den Kopf.

»Der Geburtstag ist mehr oder weniger ausgefallen. Es ist viel passiert heute und ich habe mit meinen Freundinnen«, Lise deutete auf Kim, Franzi und Marie, »und Ida einen echten Kriminalfall gelöst. Sieht so aus, als hätte Tante Bella dich tatsächlich nicht angerufen und erzählt, was passiert ist?«

Prinz Manuel schüttelte den Kopf. »Nein, dass ich schon heute komme, ist eine Überraschung. Auch für Bella.«

Sein Blick fiel auf Elif Aslan. »Und Sie sind?«

»Die Polizei«, erklärte die Kommissarin. »Und *Sie* sind?«, fragte sie höflich.

»Prinz Manuel von Eulenfels. Meiner Frau und mir gehört dieses Schloss. Können Sie mir sagen, was meinem treuen Diener Fred, der schon seit Jahren in meinem Haus ist und für den ich die Hand ins Feuer legen würde, vorgeworfen wird?«

Eindringlich wandte er sich noch einmal an Fred. »Was in aller Welt ist denn passiert?«

»Durchlaucht, ich bin untröstlich ...«, begann Fred, doch Kommissarin Aslan unterbrach ihn.

»Ich denke, wir sollten zurück zum Schloss gehen, wo ich mein Auto geparkt habe. Ich verspreche, bevor ich Frederick Multer mit aufs Revier nehme, gebe ich allen noch einmal die Möglichkeit, sich zu erklären und Fragen zu stellen. In Ordnung?«

Damit waren alle einverstanden.

Als sich alle versammelt hatten, schien der riesige Rittersaal immer noch leer zu sein. Daran konnte auch die voll besetzte Tafel nichts ändern.
Franzi hatte das wertvolle Schleiereulengemälde in die Mitte der Tischplatte gelegt und das schmutzige Packpapier, in das es eingepackt gewesen war, zurückgeschlagen.
Marie starrte es bewundernd an. »Es ist einfach unglaublich schön! Und megacool. Und deswegen ist es ein ganz besonders fieses Verbrechen, das Bild zu kopieren und das Original zu stehlen.«
»Zum Glück ist das Original wieder im Haus.« Bella seufzte. »Vielleicht wird ja jetzt wirklich alles wieder gut.« Sie sah Fred mit traurigen Augen an. »Allerdings ohne Sie. Wie konnten Sie uns das antun? Nach so vielen Jahren der vertrauensvollen Zusammenarbeit?«
»Ich musste, Durchlaucht«, sagte der Diener leise. »Ich habe den Trubel hier einfach nicht mehr ausgehalten.« Er begann zu erzählen.
Marie hörte nur mit halbem Ohr zu. Schließlich hatte Fred das alles schon vorhin erklärt. Marie beobachtete lieber Bella von Eulenfels' Gesicht. War sie insgeheim froh, dass ein Schuldiger gefunden worden war? Doch Bella starrte abwechselnd auf die Tischplatte vor sich und auf Fred. Manchmal nickte sie, manchmal schüttelte sie den Kopf.
»So viel zu Ihnen, Herr Multer. Ihr Fall scheint klar zu sein.« Kommissarin Aslans Blick wanderte von Fred zu Bella. »Kim hat mir alles erzählt, was sie weiß. Und da bleiben noch einige

Fragen offen. Ich muss Sie leider zu einem möglichen Versicherungsbetrug befragen, Frau von Eulenfels. Es liegen Unterlagen vor, die beweisen, dass …«

Bella von Eulenfels sprang so schnell auf, dass ihr Stuhl nach hinten kippte und krachend zu Boden fiel. »Nein, ich, das ist …«

Manuel von Eulenfels stand ebenfalls auf und hob die Hand. »Einen kleinen Moment, bitte«, sagte er. »Bevor hier weiter verurteilt, beschuldigt und bestraft wird, muss ich selbst ein Geständnis machen.« Er lächelte und sah seine Frau liebevoll an. »Wenn ich gewusst hätte, was meine Überraschung auslösen würde, hätte ich anders entschieden. Oder vielleicht auch nicht, denn so wissen wir nun, dass wir Fred leider nicht mehr vertrauen können. Was mir von Herzen leidtut.« Er wandte sich an die Kommissarin. »Die Sachlage ist ein wenig anders, als Sie annehmen: Das Bild hier auf dem Tisch ist nicht das Original.«

Täuschend echt!

»Doch, doch!« Lise sah ihren Onkel mit großen Augen an. »Ich erkläre es noch einmal. Fred hat das Bild gefälscht und es vor ein paar Tagen ausgetauscht. Er hat das Original in den Stallungen versteckt und nur die Fälschung ist bei dem Sturm kaputtgegangen. Es ist nichts Schlimmes passiert, ihr könnt das Original wieder aufhängen!«

»Nein, das können wir zum Glück nicht«, antwortete Manuel von Eulenfels. »Aber du hast trotzdem recht, Lise. Dem Original ist nichts passiert und dennoch ist es nicht hier.«

Nun war Marie komplett verwirrt. Hatte Prinz Manuel die Sachlage immer noch nicht verstanden? Oder hatte sie selbst einen entscheidenden Hinweis verpasst? Sie sah zu Kim und Franzi, die auch ziemlich durcheinander wirkten. Und auch alle anderen sahen so aus, als wüssten sie gerade nicht, wovon Prinz Manuel sprach. Das beruhigte sie etwas.

Alle warteten, dass Manuel von Eulenfels weitererzählte.

»Es sollte eine Überraschung für meine geliebte Frau werden!«, fuhr der Schlossherr fort. »Ungefähr vor einem Jahr habe ich gemerkt, dass die Besucheranzahl hier auf dem Schloss unerträglich wurde und wir alle kein normales, unbeobachtetes Leben mehr führen konnten. Und da habe ich einen Entschluss gefasst: Ich ließ von einem vielversprechenden Nachwuchstalent eine unglaublich gute Replik, also eine Nachbildung, der Schleiereule malen. Dann nahm ich das Originalbild und ließ den Wert von einem bekannten Auktionshaus schätzen. Die Summe hat mich überrascht. Damit können wir das gesamte Schloss restaurieren. Und wieder friedlich darin wohnen. Das wollte ich heute feierlich verkünden. Und in Ruhe mit dir, Bella, entscheiden, ob wir diesen Weg wählen. Aber nun sehe ich, dass meine Idee für einigen Unfrieden und für Verwirrung gesorgt hat.«

Bella von Eulenfels begann zu schluchzen. »Dann hatte die Versicherung deine Fälschung? Manuel, wie konntest du nur? Als ich erfahren habe, dass das Bild nicht echt ist, habe ich mich richtig schlecht gefühlt. All die Zeit, in denen ich wusste, dass die Besucher auf eine Fälschung schauen. Ich bin so sauer. Warum hast du denn nicht mit mir gesprochen?« Sie hob den Kopf und sah ihren Mann enttäuscht an. Eine dicke Träne lief ihr über die Wange. Ursel, die neben ihr saß, streichelte beruhigend ihren Arm.

Prinz Manuel stand auf. »Wärst du denn einverstanden gewesen? Du hast immer gesagt, wir müssen den Trubel durchstehen. Wir wären für das Bild verantwortlich. Ich hatte das Gefühl, du siehst keinen anderen Weg, weil dein Pflichtbewusstsein jede Alternative abgelehnt hat. Aber ich habe auch gemerkt,

wie furchtbar es für dich war, jeden Tag Gäste aus unseren Privatzimmern zu werfen und nie mehr tun und lassen zu können, was du wolltest.«
»Das alles tut mir wahnsinnig leid.« Fred begann nun auch zu weinen. »Ich hätte Ihnen vertrauen sollen. Es hätte sich alles eingerenkt und ich hätte vielleicht mein friedliches Leben zurückbekommen. Ich war ja so dumm!«
»Sie hätten vor allem mit uns reden müssen«, sagte Bella.
Fred nickte traurig. Doch plötzlich wurde sein Gesicht hart. »Eine Sache würde mich schon interessieren: Wer hat diese geniale Replik denn angefertigt? Soweit ich weiß, beherrsche nur ich die Technik, die Dorer angewandt hat! Ich bin Experte und ich habe keinen Unterschied gesehen. Das gibt es eigentlich gar nicht. Das darf es nicht geben!«
Prinz Manuel sah Fred an. »Es stimmt, was Bella sagt. Sie haben sich in diese Lage gebracht, weil Sie Ihr Herz verhärtet hatten. Anstatt Ihre Sorgen mit uns zu teilen. Aber um auf Ihre Frage zu antworten: Den jungen Künstler habe ich zufällig vor ungefähr einem Jahr bei einer Ölgemaldeausstellung im Moppenheimer Kinderheim kennengelernt. Dort sollte ich eine Rede halten und ein wenig über die Schleiereule bei uns im Schloss erzählen. Er ist noch völlig unbekannt, aber ich denke, er hat großes Talent. Er heißt ...«
In diesem Augenblick öffnete sich die Tür des Rittersaals.
»Leo Hanf«, sagte Leo und trat mit Emma an seiner Seite an den Tisch.
»Da ist er ja!«, staunte Prinz Manuel. »Der junge talentierte

Maler!« Er ging auf Leo zu und klopfte ihm auf die Schulter. »Ich freue mich wirklich, dich zu sehen, aber was machst du hier?«

»Wie bitte? Was ... ich ...«, stammelte Emma und sah ihren Bruder verwirrt an. »Ich würde gerne mit dem Prinzenpaar unter vier Augen reden.«

Freds Augen blitzten zornig auf. »Nein, Emma. Ich werde dich jetzt auffliegen lassen. Wenn ich hier untergehe, dann sollst du es erst recht.« Fred drückte den Rücken durch und sagte: »Alles, was Leo kann, kann er, weil ich ihn seit Jahren unterrichte. Ich gebe zu, ich habe ihn unterschätzt. Er ist schon weiter, als ich dachte. Aber ich war derjenige, der dir, Emma, hier die Stellung auf dem Schloss verschafft hat. Und der dich die ganze Zeit gedeckt hat, während du deinen Bruder heimlich hier hast wohnen lassen und ihn mit durchgefüttert hast, obwohl das Geld sowieso schon knapp war. Das ist alles so ungerecht. UNGERECHT.« Fred brüllte das letzte Wort so laut, dass es von den Wänden des Rittersaals widerhallte. Dann stampfte er mit dem Fuß auf.

»Es war Ihre Entscheidung, ein Verbrechen zu begehen und uns zu täuschen«, sagte Bella von Eulenfels kühl. »Und diese Petzerei trägt nicht unbedingt dazu bei, dass ich Sie in guter Erinnerung behalte. Ich danke Ihnen für all die Jahre, die Sie hier verbracht haben, aber jetzt wäre ich froh, wenn ich Sie nicht mehr sehen müsste. Frau Kommissarin? Wäre es nicht an der Zeit, den Verbrecher in Untersuchungshaft zu stecken?«

Elif Aslan nickte. »Selbstverständlich. Die Sachlage ist klar.«

Dann wandte sie sich an die drei !!!. »Danke für eure Hilfe. Wenn ich Robert davon erzähle, wird er sehr stolz auf euch sein. Keine Sorge, die waghalsigen Sachen lasse ich natürlich weg. Ihr wisst ja, Robert ist immer so übervorsichtig …«

»Wissen wir«, antwortete Kim.

Kommissarin Aslan lächelte. »Würdet ihr am Montagnachmittag aufs Revier kommen? Dann kann ich eure Aussage zu Protokoll nehmen. Und Ida und Lise begleiten euch am besten.« Sie stand auf und fasste Frederick Multer am Arm. »Dann gehen wir mal! Abmarsch!«

»Und ich werde auch mal packen«, sagte Emma. »Danke für die Anstellung als Köchin und ich hoffe, dass Sie mir irgendwann verzeihen können.« Emma wagte es nicht, Prinz Manuel und Prinzessin Bella anzusehen. »Ich wollte nicht, dass es auf diese Weise ans Tageslicht kommt«, fuhr sie fort, »aber was ich getan habe, bleibt. Ich habe Sie hintergangen und bestohlen.«

»Emma hat es für mich getan«, erklärte Leo. »Entschuldigen Sie.«

Sie drehten sich um und wollten zur Tür hinaus, doch Prinz Manuel rief sie zurück.

»Wartet mal, das habe ich jetzt nicht so richtig verstanden … Warum bist du nicht mehr im Kinderheim, sondern hier?«

Leo wandte sich mit hängenden Armen um. »Ich habe es dort einfach nicht mehr ausgehalten. Alle waren gegen mich und haben mich gehänselt. Aber ich bin eben noch nicht achtzehn. Und Emma hatte keinen eigenen Hausstand, sondern musste selbst erst mal ein wenig Geld verdienen – hier auf dem Schloss.«

»Und wo hast du dich versteckt?«, fragte Prinzessin Bella besorgt.

»Im Turmzimmer vom eingestürzten Turm«, erklärte Leo. »Wenn man ein guter Kletterer ist, kommt man über die Turmwand zum kleinen Fenster rein.«

»Ach du liebe Zeit! Das ist aber gefährlich!« Bella sah Leo erschrocken an. »Emma, warum haben Sie uns denn nicht gefragt, ob Leo hier wohnen darf? Das wäre doch überhaupt kein Problem gewesen!«

Nun sah Emma Prinzessin Bella verdutzt an. »Ist das Ihr Ernst? Ich ... ich habe mich einfach nicht getraut.«

Nun seufzte Prinz Manuel. »Ich habe ein furchtbar schlechtes Gewissen, weil ich Leo letztes Jahr nicht bezahlen konnte. Ich hatte ihn vertröstet. Und ihn gebeten, niemandem zu verraten, dass er das Bild gemalt hat. Du hast das wirklich durchgehalten, nicht wahr, Junge?«

Leo zuckte mit den Schultern. »Versprochen ist versprochen. Ich habe nicht einmal meine Schwester eingeweiht. Aber so wusste ich wenigstens, dass die Original-Schleiereule nie wirklich in Gefahr war.«

Emma sah ihren Bruder wütend an, sagte aber nichts.

Puh, dachte Marie. Eigentlich hatten sie den Fall hier im Rittersaal aufdröseln wollen. Aber das waren jetzt ganz schön viele neue Informationen, die alle irgendwie zueinanderpassten, jedoch in ihrem Kopf noch wild durcheinanderflogen.

Lise stellte sich in die Mitte des Saals und legte den Kopf schief. »Ich erkenne ein deutliches Muster, das die Dinge erst schwierig gemacht hat«, sagte sie. »Niemand hat mit irgendjemandem geredet. Wenn Fred seinem Herzen Luft gemacht hätte, hätte Onkel Manuel seine Idee offener ansprechen können und Tante Bella wäre vor Sorge, dass sie ein gefälschtes Bild an der Wand hängen hat, nicht halb verrückt geworden.«

Kim nickte und machte weiter: »Leo hätte im Schloss einfach ganz normal in einem Zimmer wohnen können und seine Schwester Emma hätte nicht von Fred erpresst werden können und sie hätte kein Essen für Leo klauen müssen. Und das Wichtigste: Fred wäre gar nicht erst zum Verbrecher geworden.«

»Egal, an welchem Faden man zieht, miteinander reden hätte immer geholfen«, meinte Ida.

»Hätte, hätte, Fahrradkette«, sagte Marie. »Stimmt schon alles, doch es ist nun mal anders gelaufen.«

»Ich sage es nicht gerne, aber ihr Mädchen habt vollkommen recht!« Prinz Manuel ging auf Leo zu. »Ich kann nicht ungeschehen machen, was passiert ist. Ich kann dich und deine Schwester nur einladen, hier zu wohnen und zu arbeiten, solange ihr wollt.«

Er sah seine Frau an.

»Wir würden uns sehr freuen!« Prinzessin Bella lächelte. »Zimmer haben wir genug!«

»Cool!«, rief Leo begeistert. »Emma, können wir bitte bleiben? Dann kann ich auch nach den jungen Eulen und Käuzchen in den Nistkästen sehen und weiter malen und …«

»Die Schule fertig machen?« Emma grinste Leo an. »Einverstanden.«
»Das wird ja immer besser!« Prinzessin Bella lachte. »Was höre ich da? Eulennistkästen? Hier? Ich weiß, du bist ein großer Vogelfreund, aber hast du es wirklich geschafft, die Eulen zurückzuholen? Ich fass es nicht. Du bist ja ein echter Glücksgriff.«
Leo wurde rot, so sehr freute er sich über das Lob. Doch irgendetwas schien ihm noch auf dem Herzen zu liegen, denn er trat von einem Bein auf das andere. »Äh, wenn wir schon dabei sind, alles zu beichten und zu erzählen«, sagte er und sah Marie an. »Ich müsste mit dir etwas unter vier Augen bereden. Ich weiß da was, was dich freuen wird.«

Auf dem Weg nach draußen löcherte Marie Leo mit Fragen, warum er sie sprechen wollte – und das auch noch allein –, doch Leo verriet nichts.
»Du bist ein talentierter Maler, aber fast noch talentierter bist du im Geheimnissebewahren«, sagte Marie. »Du solltest beim Geheimdienst anheuern.«
»Als Maler? Nee, lass mal.« Leo grinste. »Hier entlang!« Er deutete auf den Turm.
»Geht das denn schon wieder mit deinem Bein?«, fragte Marie.
»Ist nicht so schlimm.«, antwortete Leo. »Er wurde gut verbunden! Innen über den Graben springen wäre schwieriger geworden. Vorhin hat's geklappt.«

Marie kletterte nun zum zweiten Mal an diesem Tag an der Turmmauer hoch. Zum Glück hatte sie sich die passenden Tritte vorhin gut eingeprägt, denn vor Leo wollte sie sich möglichst keine Blöße geben. Er war zwar nicht unbedingt ihr Typ, aber doch ganz süß. Vor allem, dass er so auf Eulen stand, fand sie ziemlich interessant.

Leo half ihr durch das enge Fenster und gemeinsam stiegen sie die steinerne Wendeltreppe nach oben.

Allerdings öffnete er nicht die Tür zum Turmzimmer, sondern stieg die Treppe weiter nach oben.

»Und du bist dir sicher, dass ich nicht lieber per Handy meine Mitdetektivinnen als Verstärkung holen soll?«, fragte Marie unsicher. »Wo gehen wir denn da hin? Und das Wichtigere: Stürzen wir da auch nicht ab?«

»Kein bisschen. Wir passen doch auf!« Leo grinste und stieg immer höher und höher. »Du wirst staunen!«

Ein kühler Windhauch strich über Maries Stirn. Sie sah auf die engen Treppenstufen, auf denen ein paar lose Steinbrocken lagen. Leo stieg vorsichtig darüber. »Der da drüben wackelt«, informierte er sie.

Marie konzentrierte sich, im Gleichgewicht zu bleiben. Es war gar nicht einfach, heil über die Stelle zu kommen.

Und jetzt wurde es erst richtig eng! Die Stufen waren so schmal, dass sie beinahe seitwärts an der Wand entlanggehen musste.

Plötzlich spürte sie etwas Weiches an ihrer Wange vorbeisausen. »AHHHH!« Marie stieß einen spitzen Schrei aus.

»Keine Panik«, beruhigte Leo sie. »Du hast Bekanntschaft

mit einem der Bewohner hier oben gemacht. Sie sind Diebe, aber doch ziemlich harmlos.«

Marie öffnete die Augen. »Harmlose Diebe? Gibt es nicht!«

In einen Mauervorsprung waren ein ganzer Haufen Stroh und kleine Zweige hineingestopft worden.

»Sieh dir mal dieses Elsternnest genauer an!«, forderte Leo sie auf und lachte. »Dann weißt du, was ich meine.«

Marie beugte sich nach vorne. In dem runden Nest saßen zwei Elsternküken und begannen zu fiepen, als sie Maries Gesicht sahen. Tapsig versuchten sie, sich nach oben zu recken. »Oh, sind die niedlich«, sagte Marie. »So süß flaumig und schwarz!«

Die Küken sperrten hungrig ihre Schnäbel auf. »Sofort kommt die Mama mit Essen«, versuchte Marie beruhigend auf sie einzureden. »Wir gehen gleich wieder.«

Das größere der beiden Küken krabbelte eifrig auf das andere drauf. Da, wo es vorher gesessen war, blitzte nun etwas Glitzerndes auf. Nanu, das war doch ...

»Meine Kette!«, rief Marie glücklich.

»Ich habe mir schon gedacht, dass du dich darüber freust«, sagte Leo. »Jetzt müssen wir sie nur noch herausbekommen, ohne die Küken zu berühren. Sonst kann es sein, dass die Mutter sie verstößt.«

Marie nickte. Sie war keine Vogelkennerin, aber davon hatte sie auch schon gehört. Sie zog ein dickeres Ästchen aus dem Nest und angelte nach der Kette. Nach ein paar vergeblichen Versuchen hatte sie sie herausgefischt und hielt sie in die Höhe. Der Herzanhänger war noch dran und baumelte vor ihrer Nase.

In die Öse hatte sich eine schwarze Elsterflaumfeder geklemmt. Marie pustete sie weg.
»Ich bin so froh, dass ich sie wiederhabe!«, sagte sie glücklich. »Dann muss ich den Kettendieb gar nicht weiter suchen.« Sie öffnete den Verschluss der Kette. »Kannst du sie mir um den Hals machen?«, fragte sie.
KRÄHKRÄHKRÄH!
Die Elster-Mama war zurück und nicht gerade in bester Laune. Sie landete in dem Spalt zwischen Dach und Mauer und sah sie angriffslustig an. Offensichtlich dachte sie, Marie und Leo würden ihre Jungen in Gefahr bringen. Zornig trat das Vogelweibchen von einem Bein auf das andere und tat so, als würde es nach ihnen picken. Dabei krächzte es immer wieder laut.
Leo gab sich unbeeindruckt, doch Marie war die Sache nicht geheuer.
»Lass uns von hier verschwinden«, bat sie. »Sie ist zwar keine Bache mit riesigen Zähnen, aber der Schnabel und die Krallen gefallen mir nicht.«
Leo nickte und Marie vergrub die Kette in ihrer Faust. Sie durfte sie auf keinen Fall ein zweites Mal verlieren.
Sie kraxelten über die Steine zurück zur Treppe. »Wie kann man so niedliche Kinder haben und selber so überhaupt keine niedlichen Geräusche machen?«, wunderte Marie sich.
»Und dazu kommt noch: Alles klauen, was glitzert und nicht niet- und nagelfest ist«, ergänzte Leo und grinste. »Ich mag Elstern aber trotzdem sehr. Sie sind intelligent und können sogar lernen, Geräusche nachzuahmen.«

Als sie zu Leos »Zimmertür« zurückgeklettert waren, hielt er inne und streckte die Hand aus. »Dann werde ich das Diebesgut mal wieder an Ort und Stelle bringen. Wo hast du die Kette?« Marie gab sie ihm. Er legte sie ihr vorsichtig um den Hals und hakte die Öse in den Verschluss. »Schön«, sagte er. »Kein Wunder, dass du sie vermisst hast.«

Marie lächelte. »Ja, es ist verrückt. Wenn ich sie trage, habe ich das Gefühl, einen kleinen Teil meiner Mutter bei mir zu haben, und ich vermisse sie ein klitzekleines bisschen weniger.« Sie seufzte. Und Leo seufzte mit.

Marie wollte Kim und Franzi unbedingt gleich erzählen, wie sie ihre Kette wiedergefunden hatte.

HOPS! Sie sprang den letzten Meter hinunter und reichte Leo die Hand, der mit seinem verletzten Bein nicht springen wollte.

»Bevor wir zurückgehen, möchte ich dir *noch* etwas zeigen.« Er deutete in Richtung der Bäume am Waldrand. »Damit deine Meinung über Vögel nicht so einseitig ist. Es ist nicht weit!« Marie folgte ihm.

»Hier«, sagte Leo. Sie standen vor ein paar Bäumen, an deren Stämmen Holzkästen angebracht waren.

»Wofür ist das große Loch?«, fragte Marie. »Ich kenne solche Nistkästen, aber die sehen ein wenig anders aus.«

»Die sind für Eulen«, erklärte Leo. »Ich habe es geschafft, dass sie wieder hier brüten. Keine Ahnung, warum sie weggeblieben sind. Vielleicht der Besuchertrubel? Wer weiß. Aber man muss auch nicht immer alles verstehen.«

»Ich bin Detektivin.« Marie grinste. »Eigentlich kann ich das nicht einfach so stehen lassen, aber in diesem Fall mache ich eine Ausnahme.«
Sie hörten ein Rascheln und ein kleiner Eulenkopf erschien an der Öffnung.
»Oh, ist die niedlich!«, rief Marie entzückt. »Das hast du gut gemacht!«
In diesem Augenblick rannte Lise wild mit den Armen winkend über die Wiese auf sie zu. »Wir machen es!«, rief sie glücklich. »Einen Candlelight-Dinner-Geburtstag und vorher die Rallye! Hier im Garten! Onkel Manuel hat alles besorgt und gedeckt und wir haben mitgeholfen.«
Kim, Franzi und Ida hatten Lise eingeholt und gesellten sich nun zu ihnen.
»Wo wart ihr denn so lange?«, fragte Franzi Marie und Leo neugierig. »Wir warten auf euch – alles ist bereit für ein zweites *Happy Birthday*!«
Marie zog die Kette am Anhänger lang. »Ich war eben noch mal kurz in neuer Besetzung auf Verbrecherjagd. Nehmt euch in Acht, Leo und ich waren fulminant erfolgreich.«
»Ich muss zugeben, ich hatte einen Ermittlungsvorsprung.« Leo lachte. »Ich wusste ja bereits, wo wir suchen müssen. Die Kette habe ich vorhin entdeckt, als ich nach den Jungtieren sehen wollte.«
Kim und Franzi umarmten Marie.
»Super, dass sie wieder aufgetaucht ist!«, flüsterte Franzi Marie ins Ohr.

»Sehr cool«, stimmte Kim ihr zu. »Später musst du uns alles haarklein erzählen.«

Marie kuschelte sich einen Moment in die Arme ihrer Freundinnen. Im Magen wirbelten bunte kleine Glücksbläschen herum und kitzelten sie. Sie war so froh, die beiden zu haben!

Emma war auch gekommen. Maries Blick fiel auf die schwarzen Flecken auf der Schürze.

»Was hast du denn vorhin wirklich in den Stall gebracht?«, fragte Marie die Köchin.

Emma wurde rot. »Meine Staffelei«, sagte sie. »Ich wollte nichts mehr mit der Malerei und mit Fred zu tun haben und sie im Versteck im Stall entsorgen. Habe ich auch getan. Ich habe sie neben die Original-Schleiereule gestellt. Oder Moment mal: neben die Fälschung, die mein Bruder gemacht hat. Ganz schön kompliziert!« Sie schmunzelte und blickte an sich herunter. »Und dabei habe ich mit der schwarzen Ölfarbe getropft.«

»Und warum warst du so unfreundlich zu uns?«, fragte Marie weiter.

»Ich wollte einfach nicht, dass ihr das Versteck findet und noch weiter in die Sache hineingezogen werdet. Wer kann denn auch ahnen, dass ihr so gut seid!«

»Tja«, antwortete Marie. »Unterschätzen sollte man uns nie!«

»Also was ist jetzt?«, fragte Lise. »Das Tretbootrennen startet in einer Minute. Gleiche Teams wie vorhin? Mit einem Wechsel – wir konnten Förster Beitel anstelle von Fred überreden mitzumachen! Und Leo ist an Ursels Stelle dabei.«

Sie flitzten los und sprangen auf die Tretboote. Bella ploppte als Startsignal mit dem Finger ihre Wange, und alle, die Pedale vor sich hatten, traten wie wild hinein. Das Wasser spritzte in hoher Fontäne hinten aus den Booten.
Marie feuerte Lise und Herrn Beitel an, der seinen jägergrünen Filzhut in den Händen knetete und mit den Füßen trat, so schnell er nur konnte.
Sie musste grinsen. So sportlich hatte sie den Jäger gar nicht eingeschätzt. In null Komma nichts lagen sie in Führung. Nun mussten sie nur noch um die kleine Insel mitten im See herum und wieder zurück. Sie würden es schaffen, das Team Geburtstagskind würde den Sieg davontragen!
Lise strahlte Marie an und rief ihr zu: »Es ist so cool. Jetzt hatte ich beides. Eine spannende Ermittlung und eine unglaubliche Party. Das ist der schönste Tag meines Lebens!«

Wie Marie vorhergesehen hatte, kam ihr Tretboot als Erstes ins Ziel. Jubelnd stiegen sie aus und liefen zum Geburtstagstisch. Emma balancierte zum zweiten Mal an diesem Tag eine Torte durch das Gras und stellte sie in die Mitte der Tischplatte – zwischen die Schüsseln, die wieder randvoll mit Schaummäusen und Weingummifröschen aufgefüllt waren. Emma sah immer wieder gerührt ihren Bruder Leo an, der fröhlich mit Franzi Quatsch machte. Ursel war für ihre Tochter über die Wiese gehumpelt und saß bereits an der Tafel, den verletzten Fuß auf einem kleinen Schemel, der vor ihr stand. Neben dem Tisch war zwischen zwei langen Stöcken eine Schnur gespannt, an die

viele Würstchen gebunden waren. Marie hatte ziemlichen Kohldampf und hoffte inständig, dass es gleich mit dem nächsten Programmpunkt Würstchenschnappen losgehen würde.
Maries Blick fiel auf Förster Beitel, der sich umsah, an den Tisch trat und SCHWUPPS! eine Handvoll Gummifrösche in seiner Manteltasche verschwinden ließ. Als er bemerkte, dass Marie ihn beobachtete, zuckte er zusammen. »Bitte nicht verraten«, zischte er. »Ich bin einfach süchtig nach diesen Dingern.«
»Waren Sie das heute Morgen auch schon?«, fragte Marie, denn plötzlich hatte sie eine Idee, wer der Geist gewesen sein könnte, den sie verfolgt und verdächtigt hatten.
Förster Beitel schlug die Augen nieder. »Das Gummizeugs stand so allein auf dem Tisch. Und das wäre doch scheußlich aufgequollen, wenn es nass geregnet worden wäre. Ich habe es gerettet. Heimlich.«
»Und warum haben Sie sich versteckt? Und sind vor uns davongelaufen?«
Förster Beitel sah Marie verständnislos an. »Ist doch total peinlich. Ein Förster, der Gummifrösche mopst? Ich wollte auf keinen Fall auffliegen!«
Marie kicherte. Ob Kim und Franzi ihr das abnehmen würden? Der Geist – ein gummizeugsüchtiger Förster auf Abwegen? Sie konnte es ja selbst kaum glauben!

Nachdem alle (bis auf Ursel, die einfach eines abgeschnitten bekommen hatte) alle Würstchen von der Schnur geschnappt hatten, klopfte Lise an ihr Glas. Mittlerweile hatte es zu dämmern

begonnen, und Emma zündete die Fackeln an, die gemütlich flackerten.
»Ich möchte mich bedanken«, fing Lise an. »Bei Tante Bella und Onkel Manuel, dass ich hier auf Schloss Eulenfels meinen Geburtstag feiern darf. Bei Ida, die schon so lange meine beste Freundin ist. Und bei meinen drei neuen Freundinnen, den besten Detektivinnen, die die Welt je gesehen hat. Auf euch!«
»Happy Birthday, Lise«, riefen alle durcheinander und erhoben die Gläser. »Auf dich. Und ein wunderbares neues Lebensjahr!«
Über ihnen flog eine Eule.

Ann-Katrin Heger kennt keine echte Prinzessin und einem Prinzen ist sie leider auch nie begegnet. (Dabei wäre sie durchaus auch einverstanden gewesen, wenn er sie zu Fuß statt mit dem Pferd abgeholt hätte.) Allerdings hat sie während eines Schwedenaufenthalts an einem Teppich für Kronprinzessin Victoria mitgewebt. Ob Victoria auf dem wohl schon einmal gelaufen ist?

Leseprobe

Mira Sol:
Legende der Einhörner

Kim sprang ein. »Guten Tag! Wir sind vom Schülerjournal und machen eine Reportage über alte Bibliotheken.«
Der Professor runzelte die Stirn. »Das ist sicher eine gute Sache. Aber mir wäre es sehr lieb, wenn ich unterrichtet werde, bevor fremde Personen in diesen sensiblen Bereich gelangen.«
Meri schluckte. »Ja, sicher. Daran haben wir nicht gedacht.«
»Nun gut.« Der Professor lief zu einem der Arbeitstische an der Wand und sah sich suchend um. »Ich habe mein Handy hier vergessen«, murmelte er.
Er sah auf seine Armbanduhr. »Es ist schon nach sechs. Meine Damen, wollen Sie nicht für heute Schluss machen? Das Wochenende ruft.« Sophie wies mit dem Kinn zum Kopiergerät. »Wir wollten noch ein Kapitel einscannen.«
Der Professor nickte. »Wenn Sie meinen. Aber dann darf ich die drei jungen Damen bitten, mit mir zu gehen. Habt bitte Verständnis, aber aus versicherungstechnischen Gründen kann ich es nicht verantworten, dass ihr mit zwei studentischen Aushilfskräften hier alleine seid.«
Marie setzte ein gewinnendes Lächeln auf. »Wir bräuchten nur noch ein paar Minuten.«

Professor Gercke schüttelte den Kopf. »Nicht ohne meine Anwesenheit. Ihr könnt gerne nächste Woche kommen, wenn ich da bin.«
Marie runzelte die Stirn und setzte zum Sprechen an. Sophie kam ihr zuvor. »Lasst uns telefonieren und einen Termin ausmachen, okay?«
Die drei !!! tauschten einen kurzen Blick. Es war offensichtlich, dass die Studentinnen keinen Ärger mit ihrem Professor haben wollten.
Franzi nahm ihre Jacke und ihren Rucksack. »Alles klar. Kommt, wir gehen.«
Kim und Marie schnappten sich ebenfalls ihre Sachen und verabschiedeten sich von den Studentinnen.
»Ich ruf dich an«, sagte Meri zu Franzi und klopfte ihr auf die Schulter. »Tut mir leid, dass das jetzt so gelaufen ist.«
Franzi schüttelte den Kopf. »Das ist kein Problem. Bis bald!«
»Nichts für ungut«, sagte Professor Gercke, nachdem die schwere Schlosstür hinter ihnen zugeschlagen war. »Ich finde es wirklich sehr schön, dass ihr euch für Bibliotheken interessiert. Aber die Bestimmungen der Versicherungen sind streng. Ich möchte meinen Ruf nicht aufs Spiel setzen.«
Die drei Freundinnen liefen mit dem Professor bis zum Ende der Steinbrücke. Dort verabschiedete sich der Mann von ihnen und nahm mit schnellen Schritten den Weg zum Westtor.
Franzi zwinkerte. »Sollen wir noch mal zurück ins Schloss?«
»Lieber nicht«, meinte Kim. »Ich will nicht, dass Meri und Sophie wegen uns Ärger kriegen.«

Marie tippte auf ihre Armbanduhr. »Außerdem haben wir gar nicht mehr so viel Zeit. Lasst uns zu mir nach Hause gehen.«
»Na gut«, antwortete Franzi sofort. »Ich freue mich schon total auf den Babysitterabend. Dein kleiner Bruder ist so süß.«
Marie nickte. »Das ist er wirklich. Aber ich warne euch: Finn wird versuchen, uns um den Finger zu wickeln, um ewig wach bleiben zu dürfen.«
»Das macht doch nichts«, meinte Kim. »Dann schlagen wir uns eben die Nacht um die Ohren. Morgen können wir schließlich ausschlafen.«
Die Mädchen liefen durch die einsetzende Dämmerung in Richtung Osttor.
Franzi seufzte. »Schade, dass wir nur so ein kurzes Stück von den Geheimgängen sehen konnten.«
Kim seufzte ebenfalls. »Ehrlich gesagt, finde ich das gar nicht so schlimm. Diese Gänge sind schon verdammt eng.« Sie rückte ihre Tasche zurecht. »Aber die Geschichte mit der Wunderkammer fand ich spannend. Ich würde gerne mal einen Blick in dieses Tagebuch werfen.«
»Hoffentlich meldet sich Meri bald«, stimmte Franzi zu. »Vielleicht ist es ja tatsächlich in einer der Kisten, die an den Restaurator geschickt wurden.«
»Wittert ihr etwa einen neuen Fall?« Marie grinste und flötete: »Die drei !!! auf der Suche nach der geheimen Wunderkammer. Warum nicht?!«
Kim zuckte mit den Schultern. »Mach dich nur lustig. Ich find's spannend.«

Sie bogen in die Allee ein, die ins Ostviertel führte, in dem Marie wohnte.
Plötzlich blieb Marie stehen und sah durch die schmiedeeisernen Stäbe des Zauns, der das Grundstück der Villa neben ihr umgab. »Was war das?« Sie deutete in den hinteren Gartenbereich, in dem sich die schwarzen Silhouetten von mehreren mächtigen Tannen erhoben. »Da hat was geleuchtet.«
Franzi reckte den Hals. »Ich sehe nichts.«
»Doch«, beharrte Marie. »Da war ein blaues Leuchten.«
Franzi kniff die Augen zusammen. »Vielleicht ein Wetterleuchten? Es fängt bestimmt gleich an zu regnen.«
»Ich weiß nicht«, sagte Marie zögernd.
Im nächsten Moment riss Franzi die Augen auf. Ein blaues Schimmern war zwischen den Tannen aufgetaucht. Es nahm an Stärke zu, schien auf und ab zu schweben und zitterte unruhig.
Und dann blieb Franzi der Mund offen stehen. Im Zentrum des blauen Leuchtens tauchte eine kleine weiße Gestalt auf: ein steigendes Pferd, dessen lange Mähne wild im Wind flatterte. Franzi schluckte. Mitten auf der Stirn des Tieres prangte ein langes, silbern glänzendes Horn.
Mit einem Schlag erlosch das Licht und die Gestalt wurde von der Dunkelheit verschluckt.
Franzi schüttelte den Kopf. »Leute, ich hab Halluzinationen«, presste sie hervor.
Marie fasste sie am Arm. »Hast du etwa auch ein …«
»… Einhorn gesehen?«, ergänzte Kim.

Marie lachte hysterisch. »Das kann ja wohl nicht wahr sein.« In der nächsten Sekunde hörten sie einen schrillen Schrei.

Willst du wissen, in welchem spannenden Fall die drei !!! diesmal ermitteln?
Dann frag in deiner Buchhandlung nach:
Die drei !!! – Legende der Einhörner, ISBN: 978-3-440-16954-4